Al final del periférico

Al final del periférico

GUILLERMO FADANELLI

LITERATURA RANDOM HOUSE

Esta obra fue escrita siendo Guillermo Fadanelli miembro del Sistema Nacional de Creadores.

Al final del periférico

Primera edición: noviembre, 2016

D. R. © 2016, Guillermo Fadanelli
Por acuerdo con Michael Gaeb Literary Agency

D. R. © 2016, derechos de edición mundiales en lengua castellana:
Penguin Random House Grupo Editorial, S. A. de C. V.
Blvd. Miguel de Cervantes Saavedra núm. 301,1er piso,
colonia Granada, delegación Miguel Hidalgo, C. P.11520,
Ciudad de México

www.megustaleer.com.mx

ISBN: 978-607-314-846-7

Impreso en México – *Printed in Mexico*

El papel utilizado para la impresión de este libro ha sido fabricado a partir de madera procedente
de bosques y plantaciones gestionadas con los más altos estándares ambientales, garantizando
una explotación de los recursos sostenible con el medio ambiente y beneficiosa para las personas.

Penguin
Random House
Grupo Editorial

Dedico esta novela a mi hermano Orlando,
quien sobrevivió a nuestra adolescencia
en aquel final del periférico.

Advertencia

La biografía es un mito. Escribí esta novela convencido de que las señales que nos da la memoria sobre nuestro pasado son más emocionales que precisas. Los personajes que habitan esta obra son consecuencia de mi imaginación, y aunque he utilizado los nombres reales de algunos de mis jóvenes amigos de la adolescencia, tal maniobra no ha sido más que un pretexto para crear una historia capaz de estar a la altura de mi memoria emotiva. Nadie, excepto yo mismo, se encuentra representado en los hechos de esta novela.

Capítulo 1

Y todavía me pregunto: ¿por qué me encaminaba yo con una pistola en mano rumbo a los campos que formaban la liga de beisbol Mexica, a un costado del Canal de Cuemanco? Me gustaría obtener de la memoria alguna clase de sentimiento preciso, una imagen que no sea neblina y polvo, o nubes desbaratadas. No obstante la confusión, el tiempo que ha pasado desde entonces no ha trastornado ni convertido aquellos hechos en una historia descabellada: estoy seguro de que no me estoy contando a mí mismo una mentira y que los hechos que referiré tuvieron realidad, lo cual tampoco me enorgullece o me conforta.

Una pistola en manos de un adolescente no parece tener otro destino que la muerte trágica e insulsa de algún otro ser desafortunado: las armas no las carga el diablo, como suele decirse, sino los niños. Los niños se empujan entre sí, en cualquier edad, quieren hacerse espacio, jugar a ser los más fuertes, arrebatarle la comida a los vecinos y levantar la barbilla en franco alarde de su victoria. Sean boxeadores o matemáticos, los niños gustan de las demostraciones: se matan entre sí con tal de demostrar una teoría, un cuento, lo que sea.

Pero en aquella ocasión no ocurrió ningún suceso extraordinario o fatal. La vida rancia continuó y el olor a bostas que emanaba de la verdura ardiente de la tarde en que tuvieron lugar los acontecimientos, aquí narrados, continúa aún paralizada en mi mente. Todavía, transcurridos cuarenta años desde que estos episodios tuvieron lugar, viene a mí el color de la arcilla escarlata que comenzaba a poblar el piso en cuanto te adentrabas en los campos de juego, y también el olor a agua podrida que el aire iba esparciendo a lo largo de los canales o desagües secundarios que circundaban el Canal de Cuemanco, el cual fungía como pista olímpica de remo y canotaje. Mierda y agua podrida. Arcilla y yerba candente.

¿Todo ello sucedió tal como lo recuerdo desde el presente? ¿Mi descripción es tan honesta y seria que no deja hendiduras para que se cuelen las dudas? Sí, tuvo que ser tal como lo escribo hoy, cuarenta años después, porque de lo contrario habré vivido sumido bajo un mito que ahora, necio, intento hacer resurgir y poner en marcha. Me asemejo al perro que ha sido alcanzado por un rayo eléctrico en la médula de su escueta y penumbrosa memoria y que comienza a escarbar en la tierra esperando encontrar el hueso imaginario. Sin la existencia de huesos imaginarios los perros no podríamos comportarnos como humanos ni tampoco pasar inadvertidos: hurgar en la memoria es asunto de perros y de huesos. Es posible que el hueso no exista, mas el perro hunde las garras en la tierra y conforme escarba él mismo va hundiéndose también: es una caricatura, ¿qué otra cosa? Al final de la vida —y considero que se debe valorar el momento en que se vive como si fuera en sí ya *un final*—, me he convertido en una especie de escritor oculto que trabaja creando historias sencillas y llamativas, capaces de ser ilustradas, en un empleado que publica libros a petición de sus editores con el propósito de cubrir sus frugales gastos cotidianos, y que al mismo tiempo no deja en paz su memoria canina a la que no le permiten quedarse quieta o apabullada como, por ejemplo, sí lo está el semáforo de la esquina.

El semáforo de la esquina es tan fiel a sus raíces y a sus funciones; es un monumento de colores que parece servir de punto de referencia a los ciegos. Los ciegos no deben tocar el semáforo: sólo deben VERLO. Pero yo escarbo y escarbo como el perro de historieta que soy y que también seré en la inevitable otra vida. Tengo un billete de primera clase hacia esa *otra vida* y este billete representa el mayor lujo que alguien, o al menos yo, podría darse.

Atravesé los cuatro carriles del periférico que, en ese entonces, mediados de los años setenta, culminaba en una glorieta próxima al Canal de Cuemanco, como se conocía entonces a las instalaciones de la Pista Olímpica de Remo y Canotaje Virgilio Uribe. Un *sin retorno*: la glorieta a cien metros de donde yo, encolerizado y brillando a causa de la rabia, me enfilaba a pie rumbo a los campos de beisbol con el único propósito de dispararle a mi amigo Gerardo Balderas. Me disponía a matarlo porque el boca floja y eructo parlanchín, Alejandro Garrido, había insinuado que Gerardo mantenía *secuestrada* a mi hermana y la conservaba oculta en la recámara o en algún otro cuarto de su casa. Un hecho que, además, resultaba absurdo desde el ángulo en el que se le mirara, un disparate. Garrido se ufanaba de ser el amigo más leal de Gerardo Balderas. Sí, pero a pesar de esta amistad, no se perdería la oportunidad de oler la sangre y disfrutar la bestialidad de las acciones desatadas por su lengua ligera. De esa lengua brotaban toda clase de malabares carentes de juicio, frases entrecortadas y titubeantes que, sin embargo, daban absolutamente en el blanco. Parece ser que, desde el principio de la ya casi extinta humanidad, sólo el *sin sentido* acierta en la diana.

Mi hermana no se aparecía en casa desde la una de la tarde, hora en que debía volver de su escuela, el Instituto Inglés Mexicano. Y mi madre, avocada al escándalo y a la sospecha inusitada y cruel, no cesaba de preguntar por el paradero de su única hija, la menor, la flaca y sonriente, y elástica niña que siempre deseó parir. Avanzaba yo hacia la liga Mexica, haciendo gala de lentitud dramática sobre el pavimento bruñido y caliente, aferrado a mi objetivo. Ignorando el paso de los escasos automóviles que a veces se asomaban allí, hasta aquella frontera tan real y concreta como imaginaria: el final del periférico en la Ciudad de México. ¿Por qué el final y no el principio? Porque allí existía un límite y un retorno donde todo comenzaba otra vez. Y el camino de regreso se alargaba y se transformaba de pronto en la carretera Panamericana, a través de la que podías llegar, si deseabas, hasta la propia Alaska.

Llevaba el arma atorada en la cintura del pantalón, como un vaquero pendenciero e inexperto movido por la conciencia de un deshonor inventado, como el adolescente desgarbado y bruto que era yo entonces: otro niño con pistola en mano, uno más, un engendro baladrón e imbécil, escoria de cualquier imaginación. Crucé el periférico enfilándome hacia la liga de beisbol Mexica. A mis espaldas se afincaban las casas de uno y dos pisos que formaban lo que se daba en llamarse, entre pomposa y matemáticamente, un *conjunto residencial*: Villa Cuemanco, setenta casas más o menos, y en todas ellas un jardín y una cochera en la que cabían uno o dos automóviles. Recién estrenadas, las casas eran promovidas por la inmobiliaria Rinconada Coapa como de estilos variados, aunque más bien eran de estilos sobajados y convertidos en mera apariencia "provenzal", "colonial" o "americano", cuya única diferencia entre los tres consistía, y nada más, en añadir algunos cuantos ornamentos a la fachada, en clavar tejas de cerámica al estilo provenzal, en levantar balaustradas falsas a las moradas coloniales, o en soldar cancelería dorada si el estilo se anunciaba con el membrete de "americano". En resumidas cuentas, todas estas casas o residencias podían describirse, sin más contemplaciones, como burdos cajones que contenían otros cajones dentro... y así, hasta llegar a la molécula y a los diminutos cuartos de la física cuántica.

A las cuatro de la tarde, horario ideal para el sueño y la muerte de los estómagos colmados, ningún vecino asomaba las narices por las ventanas de su moderna residencia, ni abría las puertas de par en par, como se acostumbró algún día hacer en los pueblos, permitiendo que el aire se colara y refrescara la carne de los vivos; nadie me miraba cruzar, a paso de elefante, el periférico y, por lo tanto, nadie me impediría matar a mi amigo Gerardo, alias el *Tetas*.

La siesta de los vecinos permitiría el asesinato, lo alentaría inclusive: nada como un crimen después de disfrutar de una abundante comida. De pronto, luego de cruzar el escampado verde y silvestre que antecedía a un pequeño canal hediondo, perpendicular al Canal de Cuemanco, y de atravesar un montículo de tierra pálida y apisonada, los campos de beisbol de la liga Mexica se desplegaron ante mi vista. Cuatro diamantes de dimensiones distintas, separados por pasillos arcillosos bien barridos, y flanqueados por modestas gradas de madera. En uno de los diamantes, varios adolescentes se lanzaban la pelota: mis queridos amigos repitiendo una y otra vez el sonido seco y pacífico que la bola de caucho e hilo hace cuando golpea contra el guante de cuero. Quizá el sonido aquel poseía el efecto de amansarme a cada paso que daba yo en dirección a mi más reciente enemigo y secuestrador de mi hermana: el criminal. La ira se diluía en el cielo claro de la tarde y a la vista de los apacibles cerros que, en lontananza, circundaban el sur de la ciudad. La silueta vencía a los cerros mismos, al Ajusco, al volcán Xitle, y el contorno, a la realidad de la piedra. En ese momento todo a mi alrededor se precipitaba falso, excepto el calor agobiante de la tarde que los cielos azules y desteñidos cobijaban y tornaban más intenso. Entonces, el temor a matar se apoderó de mí más intensamente que la cólera abierta por la sospecha y el rumor de que Gerardo Balderas ocultaba a mi hermana en su recámara, como si ella fuera su vieja, su puta, la lámpara del buró que él encendía y calentaba cuando se le despertaba el antojo. Pinche pendejo, mal amigo y culero, ¿con quién creía que trataba? ¿Con nacos macilentos, inmigrantes venidos de la colonia Portales? Las niñas son lámparas encendidas o apagadas, no hay punto intermedio. Y mi hermana estaba según mis ojos mal educados, idiotas y sentimentales, a punto de apagarse para siempre. ¿Había acudido ella a casa de Balderas por su propio pie? Pequeña y maldita guarra. ¿O la habían secuestrado a través de engaños y triquiñuelas? Ya desde entonces los celos bestiales me pateaban el culo y me tiraban al piso haciéndome dar tumbos en una dirección equivocada. ¿Existe otra?

Nos enfrentamos separados por sólo tres metros de distancia. Yo desenfundé, quiero decir: desatoré el arma y la apunté directo a su cuerpo que tenía forma de espárrago fornido, de esbelto pitcher glamuroso cuyo rostro, en vez de mantenerse concentrado y arrogante, se había desencajado de súbito. ¿No que no, cabrón? Las pelotas de beisbol detuvieron su curso monótono y las miradas atónitas y desprovistas de reacción se aproximaron a mí al matón inesperado. La mayoría de los jugadores que peloteaba a esa hora habitaba las casas que, a un costado del periférico, daban la impresión de ser pajareras congeladas, bosquejos de colores, nidos de ratas que habían aprendido modales en las más refinadas *ratonerías* del país.

¿Por qué mis reproches caían directamente sobre mi padre y sus deseos de progresar socialmente? En nadie más podían rebotar sino en el jefe de la familia. De ello no había ninguna duda: los jefes de cualquier tribu deben pagar su osadía y ser enjuiciados; ¿por qué carajos y putas madres nos habíamos marchado de la colonia Portales para vivir tan lejos? Desterrados. En el fin del periférico. Los niños y los adolescentes anhelan estar en el centro de cualquier espacio, en el núcleo de las ciudades, no quieren vivir en los suburbios ni en las extremidades: quieren retozar en el ombligo, no al final del periférico. ¿Acaso no es esto más que obvio?

Y hoy, cuarenta años después, cuando me he convertido en empleado de una editorial especializada en *best sellers* y libros de basura disfrazada de arte; ahora que necesito el silencio con que el diablo mueve la cola, la tranquilidad del exilio, y me he vuelto casi un viejo, vivo en un departamento en la colonia Narvarte: un intestino al revés, como lo que soy, me digo antes de continuar poniendo al día de aquel primer lustro de los años setenta, recordando y describiendo en mi computadora la tarde en que mataría al joven pitcher que tiraba bolas rápidas y escurridizas a mi hermana en un estadio vacío y sin espectadores: en su pequeño cuarto-estadio amueblado por una cama individual y un librero repleto de folletos escolares que ya le anunciaban el futuro, todavía lejano, de una carrera profesional y un oficio que llamaba a la puerta. Dirigí hacia él el cañón de la pistola, obviando el apuntar avezado, como quien orienta la mirada a un montón de basura y no reconoce bien las facciones, ni las latas, ni los huesos, y le dije:

—A ver si detienes esta bala, hijo de puta. Ya me dijeron que tienes encerrada a mi hermana en tu casa; te pasaste de la raya, cabrón.

—Yo no hice nada, estás loco, güey. Nosotros andamos aquí desde las tres. Tomás ya hasta vomitó la comida en el árbol…

Frunció el ceño, y su mirada descendió algunos grados en dirección a sus tenis negros. Cuando se baja así la cabeza uno no mira hacia la tierra o al cielo invertido, pero sí a otro espacio, un hoyo negro en la mente, una luciérnaga extraviada, como una caverna abstracta surcada por una miríada de murciélagos invisibles. Lo conocía bien, a Gerardo Balderas, al pitcher, mi amigo el *Tetas*. Era uno de mis amigos más cercanos y héroe de la burda mafia y legión que creamos al azar, legión en apariencia inofensiva de la que yo formaba parte, también. ¿Qué significa la palabra *amigo* a esa edad? La nada que puede transformarse en todo: un cambio de luces, un cartel en el periférico, una tarde en el cine.

—Sé que Norma está encerrada en tu casa, esperándote. No te hagas pendejo, pinche *Tetas*.

—Es casa de mi madre, no mía. Reclámale a ella, a mi mamá, que le gusta invitar a mis amigos a tragar pastel. Y además, ¿quién fue a decirte ese montón de estupideces? ¿Yo qué? —Gerardo continuaba husmeando sus tenis negros y me obligaba a mirarlos a mí también.

—Garrido me ha contado algo…

—Pinche Garrido, ¿le crees al pinche mentecato del *Garras*? Tenía que ser la puta cucaracha ésa; lo que el Garrido quiere es echarnos a pelear. Quiere que pasen *cosas* y no se conforma con la televisión. A Norma no la veo desde hace una semana en el parque, creo. La vi pasar junto con Ana y Emma. Yo ni les hablo. ¿Y mi novia, Rosina? Tú la conoces bien, a Rosina, ella no me mataría si se enterara de las invenciones de Garrido, me arrancaría los huevos, los batearía y ni el mejor *short stop* del pinche mundo los podría detener.

Sonreí a mi pesar, e imaginé los huevos de Balderas convertidos en un imparable. Aquella perorata fue su defensa y le creí, palabra por palabra. Quiero decir: no le creí, pero me convenía el *strike*, el ser ponchado luego de tres intentos flojos de batear la pelota.

Y entonces quise comprobarlo. "Vamos a tu casa."

"Pues vamos", respondió, insolente y seguro de su increíble *screwball*.

El silencio atónito de los compañeros de campo nos escoltó hasta los confines de la liga de beisbol. Ninguna pelota sonrió en el aire, nadie hizo un comentario o un gesto resaltable, excepto Herman, el *Negro*, que se sentó en el cojín de la tercera base y puso las manos sobre su cabeza, apretándola. Herman presentía el advenimiento de alguna tragedia provocada por la cólera desbordada y glotona, y se hallaba a un soplo de las lágrimas. Herman, el *Negro*, llorón y asustadizo. Ningún automóvil surcaba a esa hora los carriles del periférico, sólo el vapor de nuestra temperatura y el peso de nuestros pasos, los míos y los de Gerardo, al mismo ritmo camino a su casa. La pistola, Colt 45, enorme y platinada, ahora se mantenía escondida, avergonzada de haberse mostrado. En la casa de Balderas no había persona alguna, excepto el perro viejo y blancuzco de Gerardo que no sabía ladrar: un pastor alemán mudo al que nos complacía emborrachar y ser testigos de la forma exagerada en que saltaban sus ojos, a falta de ladridos. Bambino, se llamaba el perro. Un nombre italiano, medio ridículo, que por alguna obstinada razón me recordaba la palabra *bombón* o *bomboncito*, *bambinete*, *babosito*. No podía ladrar, el perro, a causa de una enfermedad, pero sus ojos gritaban rojos, ansiosos y brillantes, como los de Ale Garrido, el chismoso y chupa sangre del *Garras*. Escudriñé el cuarto de servicio, los clósets, bajo la cama y tras las puertas. Y cada sitio vacío, es decir, cada lugar husmeado en el que mi hermana no se escondía, me hacía sentirme más pendejo y timado por el jodido Garrido.

Gerardo encendió el televisor Philco y se tiró en el sofá, como si nada, aislado de la pena y algo socarrón. Hice entonces una llamada a mi madre, desde el teléfono color óseo que reposaba sobre una repisa de la sala, y ella me confirmó que Norma había llegado recién a casa y que se notaba *rara* y algo espantada. La palabra *rara*, encerraba ya en sí un universo y medio. "Se metió a su cuarto y se encerró. No dice ni pío, no quiere comer, ¿qué habrá hecho la loca escuincla? Ya estoy harta", se preguntaba y quejaba mi madre. Intrigada sí, mas nada preocupada pues una vez que los hijos se recluían en casa, los huevos volvían al nido y la vida rota se unía otra vez. Colgué el aparato y evité añadir comentarios o disculpas que hicieran más penoso el asunto del supuesto secuestro.

Evitaría, incluso a contra corriente de nuestra amistad, que Gerardo escuchara mis disculpas o las atorrantes explicaciones del malentendido porque, de lo contrario, la vergüenza sería mayor, colosal, y la comedia no tendría ya remedio: de todas formas había sido *ponchado* y la mirada del público me seguía inmisericorde y socarrona. Lo que hice fue acomodarme a su lado, en silencio, dos o tres extensos minutos a la espera de que las cosas tomaran otra vez su puesto normal. La voz doblada al español de Ben Cartwright, propietario del rancho La Ponderosa, daba un sermón a sus hijos y los alentaba a trabajar y a ser honrados y apacibles, como el ancho ganado del que eran propietarios. Veíamos en la televisión las escenas de la serie *Bonanza*, pero no prestábamos genuina atención a la historia. Nuestro interés se orientaba en otros aspectos de la serie. "Todas las casas son de cartón, lo único real allí son los caballos y una que otra vaca", atinó a comentar, al fin, Gerardo Balderas, alias el *Tetas*. Entonces le revolví la cabellera en señal de amistad reconquistada y dije, señalando el arma: "Te veo más tarde. Voy a guardar esta pendejada en el buró de mi papá". "Sí, nos vemos ahorita en el parque", respondió, libre de culpas, el *Tetas*. "Llegaron nuevas viejas a la segunda sección de Rinconada. Hay que ver si valen la pena, sobre todo ahora que Rosina se fue tres días a casa de su tía y no me anda vigilando." Unos días antes de aquel suceso el pitcher de los *Rangers* de Texas, Nolan Ryan, había lanzado por primera vez en la historia del beisbol una recta a más de 160 kilómetros por hora. El futuro se vislumbraba cada vez más desbocado y los tropiezos y desbarrancaderos se anunciaban inevitables. Rápido, más rápido, mucho más rápido: ¿de dónde provenía la ordinaria exaltación de la velocidad? Rápido, más veloz, muchísimo más veloz… maldita sea.

Una parte de la primera sección de Rinconada Coapa se llamaba, en realidad, Villa Cuemanco, y comenzaba, como dije antes, a fincarse a un costado del periférico; se limitaba por otra arista que formaba la calle Cañaverales y desembocaba en la avenida Cafetales. Más allá de Cañaverales y Cafetales comenzaba la segunda sección de Rinconada Coapa. Ninguna de ambas secciones se hallaba concluida, y menos la segunda, sin embargo, quienes éramos pioneros en aquel barrio residencial solíamos hacer expediciones en dirección a los rumbos recién poblados. ¿Qué buscábamos? Husmear, pasearnos como un grupo ya compacto y reconocible, en apariencia controlador y, además, comprobar que a Gerardo Balderas no le faltaba razón: "A la segunda sección están llegando las viejas más buenas... cada día están más buenas... es la evolución, güey... yo por eso voy a estudiar biología, allí está el futuro". Los escasos trece o catorce años de Gerardo Balderas no le impedían considerarse un experto en asuntos de mujeres y en el naciente misterio del mecanismo femenino. Era el más apuesto del clan, la viva representación de la farándula, el *carita*, y allí donde él olfateaba y aguzaba la nariz encontraba lo que deseaba. La adolescente que se le resistía podía considerarse una autista, un bulto sin pretensiones, una *outsider*. No había ninguna mujer sobre la tierra que fuera capaz de resistírsele. Eso creíamos seriamente sus amigos y lo comprobábamos a cada momento. Gerardo las atraía, a las mujeres, demostraba su poder fascinante y luego de unos días las arrojaba al ostracismo, como una piedra más en la ordinaria orografía del mundo, y sólo hasta entonces permitía que cualquiera de nosotros tuviera su oportunidad y se arriesgara a fingirse el conquistador, el recolector de migajas, de caspa, de residuos orgánicos. No hacíamos nada extraordinario: éramos perros al acecho, niños que corren atarantados a causa de sus impulsos, ¿qué más?

Y ahora, cuando intento recordar el rostro de Gerardo, la memoria se torna compasiva y fiel: vuelvo a ver sus pecas desteñidas encima de su piel blanca, y su cabello cuidado y abultado, su nariz recta, su perfil mediterráneo y la sonrisa propia de un maleante cerebral, de un niño experimentado y mimado, una bella malformación. Su madre le prodigaba los mimos más empalagosos, y lo mismo hacía Secundina, la joven sirvienta originaria de Campeche, apenas unos años mayor que nosotros. A la obesa carretada de mimos se sumaba también el aplauso perpetuo de los amigos más zalameros: Garrido, Tomás Gómez y sobre todo Herman, el *Negro*, quien idolatraba a Gerardo como a un ídolo salido de la tierra, de la arcilla de la liga Mexica, del campo de beisbol desde cuyo montículo de tierra él llevaba a su equipo a la victoria, cada mañana de domingo. Un pitcher de brazo elástico y potente. A ese cabrón era al que había querido yo matar. Por envidia, ¿tal vez? No, nada parecido. Si acaso hoy, en la segunda década del siglo veintiuno, albergaría cierta envidia por los gusanos que se arrastran, lentos, apacibles, sin cavilar ni recordar nada de aquel pasado cuando apenas eran unos magros gusanitos y no tenían la menor conciencia de que se arrastraban. Mas en ese entonces no cultivaba envidia alguna, quería matar a Gerardo porque mi padre nos había encargado, a mi hermano Orlando y a mí, proteger a Norma en su ausencia y hacer efectiva su representación. Vaya cargo policiaco e inútil pero había que cumplirlo. O quizás yo no quería matar al pitcher, Gerardo, mi amigo, sino nada más amedrentarlo, ponerle límites a su poder, delimitar el territorio en que debía andarse con cuidado y abstenerse de lanzar bolas directas al cuerpo del bateador en turno, pegar un buen *hit* rumbo al jardín central y correr libre una o dos bases. Yo no aspiraba a nada más que eso.

Capítulo 2

Cerca de cuatro décadas han transcurrido desde que la sonda espacial Viking I partiera hacia el planeta Marte en 1975 y de que el general Franco abandonara el poder en España después de una larga agonía; cuarenta años desde que el hermano de mi padre obtuviera el crédito que le permitiría comprar una casa por intermedio del Infonavit, la empresa inmobiliaria del Estado que velaba por los pobres y les proporcionaba techo, hacinamiento, crueldad ambiental y los concentraba en grises unidades habitacionales. Los recuerdos de aquella época se aferran en algún vericueto de mi cabeza, de mi espina vertebral o mis rodillas. Toman por asalto un cartílago, los recuerdos, o un puñado de neuronas y se transforman en enfermedad permanente. Los recuerdos no suelen tener cola ni cabeza; son alucinaciones que provocan sentimientos y euforias repentinas. Vienen después de que la melancolía se halla cómodamente instalada. La melancolía no necesita remembranza pues se nutre de sí misma y de su estar *cómodamente instalada*. ¿Y la nostalgia? Desterrada, limpiando los retretes en algún bar de la provincia. Al final de mi vida, es decir, en ese desenlace que yo considero el final de los finales, hoy mismo, continúo ensalzando la soledad. Las mujeres que me visitan ocupan mi cama y, ocasionalmente, me preparan un desayuno en el que exijo al menos una barra de pan. Las llamo, ingenuamente: *mujeres cometa*. Si hubiera aceptado criar hijos estos habrían sido también *niños cometa*. Cometas más opacos que su madre, como debe ser, y siempre dispuestos a repetir el manido juego de estrellarse contra la superficie de algún planeta distraído.

Ahora que he dejado atrás mis compromisos de trabajo busco el rostro de mis compañeros de barrio, adolescentes, siniestros, cada quien a su manera. Pequeñas zanahorias podridas cuyo encanto, acaso, radicaba en su peculiar manera de enfrentar el futuro y la libertad. No albergo ningún deseo de escribir memorias, qué tontería malhadada y puerca de tan obvia; ni mucho menos ambiciono practicar la introspección. ¿Para qué? ¿Cuál es el *dentro* en el que se debe husmear? Las ratas son ratas a causa de la cola que arrastran y porque se llaman *ratas*. ¿Quién va a saber lo que hay dentro de esa cazuela llamada *cerebro* y de cuya presencia uno se entera sólo a través del espeso contenido que la cazuela derrama, y en cuya extensión el mismo cerebro se ahoga y expande? Cuando el cerebro se derrama tenemos conciencia de él, antes no existe. ¿O es de otra manera? No lo creo. Tengo que hacerme de un costal colmado de cervezas, un chingo de cervezas, e inflar la panza hasta que los intestinos revienten.

El teléfono, de mi estrecho departamento en la colonia Narvarte, está ahora timbrando y el sonido me repatea el culo. Cuando me interno en mi casa, como si ella fuera un amable hospital carente de enfermeras y pacientes, comienzo a experimentar una sensación de miedo que crece conforme se suceden los días. Es un temor abstracto que podría yo explicar tan sólo de una manera: algún intruso entrará por mi puerta o llamará al teléfono con el propósito de echarme en cara una mala noticia. Esa *mala noticia* es el intruso mismo, su aparición indeseable, el montón de carne que lo anima. ¿Qué amarga canción traerá consigo el intruso?

Una vez que he sumado varios días de encierro la voz, o la presencia de un humano, me latiguea como el chorro de orines que se derrama en la tranquila nieve de una colina. ¿O es un chorro de orines azotando la mantequilla? No lo sé. ¿Quién me invoca ahora? ¿Quién tartamudea en *mi* nombre? Tengo la intención de desconectar el teléfono casero tal como acostumbro hacer con el celular pero, antes de volver a la incomunicación original, respondo y escucho la voz de un editor que me pregunta por qué mi celular se encuentra fuera de servicio. Se muestra preocupado por mí, suelta algunas palabras que denotan tal preocupación y, en seguida, me propone escribir una breve historia del automóvil deportivo. Vaya propuesta más absurda e inesperada. La recta de Nolan Ryan; la sonda espacial que se inmiscuye en el espacio a una velocidad superior a la de una tortuga; la muerte de Moisés Solana y el incendio de su McLaren; los canguros; el Ferrari que conducía Pedro Rodríguez en Daytona; mi tía Angelita bailando *twist* en aquella fiesta en casa de la abuela. ¿Cuál de todos ellos es el gran tema?

El editor hace esfuerzos por alentarme y añade que yo soy la persona ideal para ejercer este trabajo. Lo dice utilizando un tono resignado, como si estuviera agotado a causa de mis constantes negativas y también de mis buenos modales. Dejo que un silencio respire y luego agradezco el ofrecimiento de forma sentida. ¿Rellenarle el intestino de alacranes al pinche editor? No, de ninguna manera florecen en mi mente frases de tal naturaleza. Contengo la rabia, muerta de antemano, a pesar de que pedirme escribir acerca de automóviles va en contra de ese leal ánimo prehistórico y apacible que me hace mantenerme tirado en cama, incluso cuando estoy de pie. "Todo eso me resulta muy infantil, las carreras de autos, la velocidad… busca a un hombre más joven que yo", alcanzo a farfullar, como si masticara arena y cada granito fuera una palabra no expresada. La voz de mi joven editor significa una intromisión en la pequeña isla que he inventado para encontrarme, otra vez, con la jauría adolescente que merodeó durante un lustro en los alrededores de la colonia Villa Cuemanco. Le hago saber, al joven editor, que poseo en el bolsillo el suficiente dinero para cubrir dos meses de renta y comprar alcohol y cocaína. Estoy disfrutando mi egoísmo y a éste le asigno un peldaño elevado en la escala de valores. Si uno desea gozar de ciertas vacaciones espléndidas, y en forma, se halla obligado a derrochar un egoísmo puro capaz de borrar las huellas del vómito humano y de sus consecuencias. ¿Autos de carreras? Ya no soy un niño y cuando lo fui no supe que lo era. Apenas ahora he aquilatado con fidelidad la certeza de que un flujo asesino corría por la sangre de aquellos adolescentes pobladores de Villa Cuemanco, un flujo espeso que avanzaba en la dirección tomada de antemano por nuestros padres el día en que decidieron llevarnos a crecer allí, al final del periférico.

Capítulo 3

En la culminación del periférico se habían levantado las primeras casas de la colonia Rinconada Coapa, parcela que tomó después el nombre de Villa Cuemanco. Cada pedazo de tierra conquistada gritaba y exigía cuanto antes un apelativo propio. Y, sin embargo, el espacio libre destinado a construir más residencias no se hallaba ni lejanamente agotado y una buena parte de los terrenos carecía aún de cimientos. Los vendedores de bienes raíces se ubicaban en puntos estratégicos del fraccionamiento y, sentados al resguardo de una sombrilla, esperaban cansados de frenética ansiedad la llegada de sus futuros compradores. Existía un amplio número de vendedores el cual incluía a jóvenes amables e intoxicados de energía y, también, a viejos de piel rosada que ofrecían sabios y esmerados consejos a los clientes, a sus colegas y, en general, a cualquiera que pasara frente a su puesto. Todos los vendedores de bienes raíces lucían sus camisas blancas, radiantes e inmaculadas, como si su oficio fuera el de predicar las palabras de un Cristo que confiaba ciegamente en ellos. El día en que sus camisas brillaban más rotundamente era el domingo; resplandecían a tal grado que mi madre, atenta en vano, se detenía a preguntarles si para lavar sus camisas utilizaban alguna clase de detergente biológico y si los condimentos químicos del jabón no quemaban o irritaban su piel.

Mi padre se contaba dentro de una de las partidas originales de propietarios que adquirieron terrenos en Villa Cuemanco; sin embargo, cuando llegamos a la casa recién edificada en la calle Hacienda de Mazatepec, aproximadamente quince terrenos se hallaban todavía hueros y sin fincar. Los legítimos pioneros de la colonia Villa Cuemanco, primera costilla de Rinconada Coapa, nos recibieron, sí, mas no sin cierta altanería y hostilidad velada. Ellos habitaban el seno de un espacio natural a la altura de su posición social y de su dinero. Mi familia, en cambio, había ejecutado un salto enorme, un brinco sideral desde los ralos departamentos y vecindades de las colonias Postal y Portales hasta una residencia de dos plantas en los confines del periférico. El progreso acomodaba de nuevo sus vísceras y nos beneficiaba. ¡El viento nos había puesto en pie y echado a volar! ¡Novicias voladoras surcando el cielo de la Ciudad de México! Desconocíamos que *progresar* era lo mismo que aprender a morir y que, en pos de progresar, uno hace esfuerzos desmesurados en su intento por respirar y tragar más aire, y más aire, hasta terminar finalmente asfixiado. Los miembros de mi familia no hacíamos más que repetir y cultivar la remota tradición del intruso o del extranjero que busca acomodo en una aldea ajena: las pulgas saltando desde el lomo de un perro viejo al de un perro joven y lanudo, para así darle forma a un presente que tenía visos de convertirse en un horizonte prometedor. ¿Horizonte prometedor? Ya lo veremos.

Los niños vecinos se veían, a leguas, muy distintos a nosotros, los recién llegados. No había más que poner los pies dentro de sus casas y comunicarse con ellos para que tales diferencias asomaran la trompa y pusieran a cada quien en el lugar que le correspondía dentro de la aldea. Gerardo Balderas, por ejemplo, no se cortaba el cabello en ninguna peluquería tradicional, como acostumbrábamos hacer mi hermano Orlando y yo: Balderas marchaba hacia una estética que prometía a sus clientes belleza, apostura y vanguardia. El medio para conseguir estos preciados bienes requería del uso de aerosoles, secadora, acondicionadores y demás químicos enlatados; una considerable cantidad de objetos y sustancias sustituían al jabón barato, a la abnegada máquina de trasquilar y a alguna loción cuyo aroma despertara el recuerdo del ron, las latas de sardina y el sabor de Coca-Cola. Los clientes, cualquiera que fuera su estatura, salían de la estética satisfechos, seguros del buen camino tomado, y más espigados a causa de sus cabelleras esponjosas. Ellos entraban a la estética como melenudos sauces llorones y emergían de allí transformados en palmeras enhiestas, recatadas. Cada dos meses, Gerardo ocupaba cincuenta minutos de su tiempo para trasladarse hasta Plaza Universidad a una estética de nombre Eduardo's. Sus amigos más cercanos y fieles lo acompañaban, ya fuera con el propósito de modelar su cabello como él, o solamente interesados y dispuestos a mirar y admirar al héroe y a pasearse después, hombro con hombro, a lo largo de los pasillos de la moderna plaza, oteando aparadores, curioseando, asombrándose ante cada vitrina como si habitaran una ciudad del siglo xix.

No es mi intención vanagloriarme de haber sido causa de algún suceso extraordinario pero cuando mi hermano y yo llegamos a la primera sección de Rinconada Coapa, los hábitos de los adolescentes comenzaron a trastocarse y a mudar de ritmo. Nos envenenamos juntos, quiero decir.

Ellos se enturbiaron contaminados a causa de nuestra presencia, y nosotros potenciamos la mala semilla que habíamos traído desde los territorios proletarios en los que vivíamos cuando aún mi padre conducía trolebuses públicos.

Es posible que sólo durante aquellas edades tempranas el equilibrio social tienda a ser posible y las manías de unos y otros se influyan entre sí. Yo compraba mis pantalones en las tiendas Milano, y ellos, mis nuevos vecinos, los adquirían en Suburbia o en alguna otra tienda de Plaza Universidad. Yo vestía cualquier pantalón de mezclilla marca Ley, y ellos sus vaqueros Britania. Mis camisas carecían de una etiqueta de renombre mientras que, en Villa Cuemanco, mis amigos cubrían su torso con telas de Pierre Cardin o Chemise Lacoste. Y así. Un mundo novedoso y estúpido se abría ante mis ojos. ¿De modo que el esfuerzo destinado a progresar derrochado por mi pobre padre desembocaba allí, al final del periférico? En efecto, y sus hijos tendrían que crecer al lado de estos gárrulos vanidosos que usaban secadoras de diseño aerodinámico a la hora de atusarse los cabellos. La puta vida empezaba otra vez. Yo resentía los inesperados cambios y me intimidaba, como si fuera una cría de liebre arrancada de su madriguera y lanzada a la intemperie. No obstante los primeros temores y esa intimidación espontánea, la conciencia de ser menos no me arredraba. Olía en la atmósfera del residencial ese tufillo a cárcel donde algunos presos poseen más privilegios que otros. Aunque en el patio se reúnan, los presos, y observen en manada las murallas que los obligan a convivir y a formar parte de una sustancia que vive ensimismada y que se mezcla y expande sobre la completa carátula de una brújula.

—Yo las vi, son dos hermanas medio flacas, más o menos de dieciséis años, y una de ellas parece actriz de cine. Hay que lanzarnos al ataque de inmediato. ¡Ya! ¡Soltemos a los perros! ¡Ahora! ¿Vamos o qué, putos?

La piel mortecina de Ale Garrido se enrojecía e inflamaba cuando imaginaba a las nuevas inquilinas de aquella casa recién habitada de la segunda sección de Rinconada Coapa. Y cuando mostraba la lengua buscando horadar un ombligo, o cualquier orificio utópico, esa lengua palpitaba húmeda, rubicunda y ansiosa.

—¿Soltar a los perros? Si tú eres el único perro entre nosotros.

—Sí, yo soy el perro, ¡yo soy el perro, culeros! —Garrido exhibió una lengua larguirucha que bien podía llegar hasta su propio cuello y estrangularlo.

—Vamos a visitarlas antes de que se haga más noche —proponía Herman, el *Negro*, cauto e inclinando la cabeza como lo hacía cada vez que alzaba la voz. A Herman, en realidad, le avergonzaba hablar. Las palabras le causaban un dolor que no lograba reprimir.

—¿Y qué? De noche las viejas se ven más apetitosas y además no se fijan en nuestros defectos —acotó el pequeño Tomás, y sus pelos rojos y ensortijados nos transmitieron a todos vibraciones eléctricas. Los pómulos de Tomás eran curvos y mostraban el destello cristalino de las antiguas canicas de agua.

—Esperemos hasta el sábado; no creo nada de lo que inventa el pinche Garrido, es un exagerado; a los piojos les dice búfalos y confunde las canicas con pelotas de basquetbol —reclamó Gerardo Balderas. Si él no encabezaba la embajada de recepción que daría la bienvenida a las nuevas y despampanantes vecinas, no tendríamos manera de impresionarlas. Sin él y su presencia magnética nuestra brújula se averiaría e incluso los polos cambiarían de sexo.

—No necesitamos ir a otra sección a oler el culo de las viejas como animales —intervine yo—. En unos días se mudarán a mi calle tres hermanas que serán muy pronto actrices de cine, y actuarán exclusivamente para nosotros, sus vecinos. ¿No me creen, bastardos de mierda? Yo no alardeo como el *Garras*. Hace unos días ellas y sus padres vinieron de visita a su nueva casa. Las observé: se asomaban por las ventanas de la fachada, subían y bajaban escaleras, como si tuvieran un motor entre las piernas. ¿Se imaginan eso, idiotas? ¡Un motor! ¡Una motosierra! Y también recorrieron la calle desde la reja de su jardín hasta ambas esquinas. Caminaban muy lentamente, como si la motosierra hubiera dejado de funcionar; luego volvieron, se treparon a un Mónaco negro último modelo y se fueron. Se me ha ocurrido un plan que no fallará. ¿Saben lo que significa diseñar un buen y magnífico plan? ¿Saben lo que es algo así, ustedes, residuos de coladera? Es algo similar a tener una iluminación; no podría explicarles siquiera cómo se me ocurrió. O tal vez lo he soñado. En los sueños hasta las manchas se vuelven mucho más claras.

—*Willy, don't be a hero / don't be a fool with your life / Willy, don't be a hero / come back and make me your wife* —cantaron al unísono el *Tetas* y Garrido, haciendo eco de la melodía de Paper Lace que, por entonces, sonaba en la radio a cualquier hora del día. Su burla, el intercambiar *Willy* en vez de *Billy*, no causaba ninguna mella en mí. ¿Cómo podía incomodarme tamaña pendejada? Yo, más bien, continuaba el curso de mis divagaciones en voz alta. Y entonces musité:

—En los sueños las manchas toman forma…

—No, los sueños son manchas que se parecen a la vida…

—Conmigo pasa al revés…

—Mi madre dice que los sueños son preguntas que uno se hace dormido…

—Yo sueño absolutamente puras puchas, sin puchas los sueños no existen —sentenció abiertamente y reacio a los melindres Garrido, él sí un verdadero iluminado.

—Quiero presentarles, damas y caballeros, al único perro en el mundo que sólo sueña con puchas —el dedo índice de Balderas lo señalaba—. ¿Sueñas con puchas de perras o de mujeres?

—¡Puras puchas! ¡Quiero! ¡Puchas de dinosaurias! ¡Las quiero todas! —aullaba Garrido.

¿Dónde se llevaban a cabo aquellas charlas apresuradas e imbéciles? En nuestro particular y egregio centro de reunión: un jardín de cinco mil metros cuadrados alrededor del que se habían congregado las residencias de la primera sección de Rinconada Coapa. ¿Tuvo alguna vez un membrete el jardín citado? Nadie desearía saberlo. Nosotros lo llamábamos simplemente: "el parque", "el pinche parque", "el puto y jodido parque". En el centro de este insípido jardín comunal, núcleo y ojo de nuestro conciliábulo, búnker al aire libre, se erigía una discreta fuente de cantera rosácea cuyo fondo había sido compuesto de mosaicos blancos y azulados. La cancha de basquetbol se hallaba a un costado de las instalaciones que albergaban a una imponente e incansable bomba de agua. Y bajo los portales que se alzaban hacia el poniente se desplegaba un conjunto de comercios locales en el que abrían las puertas varias tiendas o misceláneas, el minisúper, una lavandería, la modesta pastelería Trentino, la papelería de los padres de Laura y el minúsculo restaurante destinado al más absoluto desprecio del vecindario. ¿Por qué ningún habitante del residencial se paraba a comer allí? Un misterio ya caduco en la actualidad.

La finalidad de nuestras doctas conversaciones tenían como propósito crucial conocer las razones de nuestra coincidencia en aquel punto del mundo. ¿Por qué sufríamos el infortunio de ser vecinos? ¿Qué había llevado a nuestros padres a elegir esa región de la geografía como su última estación en la vida? Tendría que existir un motivo que revelara las causas de nuestra reunión en aquel sitio del planeta Tierra. Un designio superior y trascendente. ¿O acaso éramos tan sólo consecuencia de una causalidad no pensada? ¿De un desatino menor? No, de ningún modo, al contrario: un propósito oculto rebasaba nuestra comprensión y capacidad de sopesar la finalidad de un destino. ¿Y qué si todos nuestros padres laboraban allí como espías y formaban parte de un secreto experimento del gobierno? No existen hipótesis falsas.

Mis hermanos y yo proveníamos de barrios miserables y ahora nos encontrábamos allí: viviendo en franca y fraternal camaradería con adolescentes *ricos*, y refiriéndonos a ellos familiarmente por su nombre de pila o sus apodos. Sobra decir que estos motes variaban y se modificaban, arbitrariamente, según cada estación del año. A Gerardo Balderas lo apodábamos el *Tetas;* a Alejandro Garrido, el *Garras*; a Herman, el *Negro*… y así hasta llegar a Grecia.

Mayor confianza no se manifestaba entre niños de origen tan distinto. Sin embargo, nuestra fraternidad no podía ser el resultado de un mero y melifluo desfile de causas y efectos, ni tampoco la consecuencia de las decisiones tomadas por un dios desgarbado, abominable y tirano. Nuestras energías se consumían tratando de saciar una curiosidad que nos preguntaba acerca del verdadero motivo de aquel encuentro. Y esta pregunta, que jamás expresamos de manera consciente, no tenía ánimo alguno de acudir a teorías correctamente formuladas. Lo que hacía esta insidiosa pregunta en el momento de manifestarse era trocarse en acción y en movimiento orientado con rumbo a una dirección irreparable: ruido que al cabo del tiempo se diluía en la corriente de aire que arropaba nuestra incurable necesidad de hacer chingaderas.

Los sueños exultantes de Garrido, su energía y su risita silenciosa y bellaca representaban fielmente la bandera del gozo primitivo: la bandera izada por el lozano ejército de pequeños y desgraciados gárrulos.

—Con razón te ves como un zombi hecho de látex —Gerardo continuaba presionando a Garrido—. Tengo un primo que, como tú, no puede dejar de mirar y espiar a las mujeres. ¿Sabes qué hicieron mis tías para remediarlo?

—¿Lo mataron?

—¿Le cortaron las bolas?

—No, pendejos, le dejaron crecer el copete hasta el nivel de la nariz y así nadie se avergonzaba de sus perversiones. Mi primo podía mirar a través de los pelos y ya no molestaba a nadie.

—Tus papás deberían dejarte crecer el fleco hasta las rodillas, pinche Ale.

—Hasta los pies.

—Que lo envuelvan en sus pinches pelos y lo tiren al excusado.

—Puchas güeras y morenas. ¡Quiero! —Garrido reafirmaba a gritos su convicción colonizadora. ¿Quién sabe en qué montón de cagarruta se habría tropezado su mente? La piel lechosa y su cabellera rubia, los hombros caídos y los ojos saltones. ¿Y su mente? Una cubeta colmada de un líquido viscoso y agrio capaz de hacer explosión si se le agregaba una minúscula gota de nitroglicerina. Su 1.70 metros de estatura se antojaba un espejismo pues cuando

Garrido se sentaba, sus hombros se lo comían y lo devolvían a un estado larvario. Sentado y encorvado daba la impresión de ser una crisálida cuyos ojos asomaban antes que el resto de su cuerpo. Cada vez que estiraba el cuello, y su cabeza brotaba de sus hombros, Ale Garrido nacía de nuevo convertido en un Martin Feldman.

El *Garras*, presunto hijo bastardo de Martin Feldman, mentira que divulgábamos sus amigos, me había buscado en mi casa para informarme que mi hermana se encontraba recluida en la casa de Gerardo Balderas. A raíz de este incidente cada vez que divisaba su imagen de Quijote embalsamado y su rostro mustio aproximándose hacia mí, sospechaba que el día se jodería a causa de alguna razón estrafalaria. Ya desde aquel entonces tenía la capacidad de presentir la llegada de un mal acontecimiento, y mi estómago se enteraba de las tragedias antes de que éstas sucedieran.

El recuerdo de la pistola Colt 45, plateada, dispuesta, en mis manos no me aterra. Ni tampoco mi decisión de amenazar a mi amigo el *Tetas*. Lo que ahora me obsesiona, cuarenta años después, es el hecho de haber caminado al menos cien metros llevando el arma atorada en el cinturón. ¿Qué papel estaba yo desempeñando? ¿Los ojos de qué público me animaban a seguir adelante? Ojos de un público que aplaudía y exigía sangre y algo de tensión: la moral que emergía de la tierra abonada a lo largo de tantas generaciones. "¡Niños a punto de matarse! ¡Qué bien!", exclamaban los espectadores invisibles, pese a que la sangre no emanaba a chorros como en el siglo siguiente y Clint Eastwood representaba, entonces, la deidad verdadera: el único matón a la altura de nuestros sueños. Un hijo de Harry Callahan encarnaba en cada uno de nosotros: matones de pacotilla, niños ancianos de tan cobardes.

Semanas después de aquella bravata acontecida en los diamantes de la liga Mexica, las despampanantes vecinas, cuya presencia más anhelábamos, ocuparon su casa en la calle Hacienda de Mazatepec. Alentadoras y magníficas noticias para nuestra mafia salitrosa. Noticias que harían echarse atrás y empequeñecer a los habitantes de la segunda sección de Rinconada Coapa, territorio al que según Garrido continuaban mudándose "las viejas más buenas". En el número 25 de Hacienda de Mazatepec se había instalado una familia compuesta: por padre, madre y tres hijas. La mayor de ellas no rebasaba los quince años, la menor aparentaba once o quizás doce años. La casa recién estrenada se alzaba más de dos metros sobre una planta espaciosa y un cuarto de servicio en el techo, y contaba, además, con un amplio terreno en el jardín o cochera frontal para dos o tres autos. Las hijas se asemejaban entre sí, dos de ellas lucían delgadas como carrizos de maíz y la restante era algo más rolliza, pero en todas crecía el cabello rubio, y las orejas puntiagudas, y también el diablo comenzaba a jalar de sus pezones.

La vitrina se colmaba de nuevos pastelitos de vainilla y durazno, un tanto insípidos. Sí, las vecinas, ¿mas quién tendría la pésima ocurrencia de reparar en minucias? La gran noticia podía confinarse a una sola palabra y a un auténtico grito de guerra: ¡mujeres! Y estas mujeres surgían de repente provenientes de la nada, de la tierra baldía, de la gratuidad. No teníamos duda alguna de que nuestras vecinas delatarían muy pronto su curiosidad y husmearían en el exterior de su madriguera en busca de adolescentes simpáticos, sociables y elegantes con quienes experimentar el comienzo de la vida que en unos diez o veinte años más se derrumbaría en cualquier esquina del mundo. ¿Y qué significábamos nosotros, sino lo que ellas necesitaban para desarrollarse por el buen sendero antes de que comenzara el llanto y la desgracia? Los hijos de Harry Callahan, para servir a ustedes.

Los padres de aquellas tres tiernas bellezas sonreían a cualquier ser vivo a su alcance, ávidos de trabar amistades, y al mismo tiempo ansiaban enterarse de si en verdad habían elegido correctamente su futuro, si habían acertado a la diana al mudarse a aquel residencial confinado. Camotes pálidos, ellos, su sonrisa tatuada en la cáscara infundía a los extraños un sentimiento de tristeza y confianza mezcladas. Agregaban al aire una atmósfera de vulnerabilidad. Parecían ser blancos sencillos en la diminuta guerra que empezaba a fraguarse en la colonia Villa Cuemanco: adultos profesionistas, incultos como todo profesionista que se traga una papa sin masticarla, orgullosos de su modesto poder económico, y amansados por la rutina familiar, y un deseo de prosperidad que asomaba en los objetos de los que se rodeaban. Padres que llevaban a pasear a sus pequeñas cada domingo religiosamente y pagaban, o *invertían*, altas sumas de dinero en su educación. Los peldaños en la escalera del éxito se les antojaban infinitos, pero aun así los ascendían inflados de cruda convicción. "Arriba y adelante", rezaba el lema del presidente de México desde 1970, Luis Echeverría Álvarez. "Arriba y adelante." ¿Quién podía resistirse a esta arenga redentora?

La presencia de los nuevos inquilinos suscitó de inmediato el conciliábulo: una reunión emergente en el seno de nuestra mafia ridícula y poco organizada. Sentados sobre los montículos pétreos, que nosotros mismos habíamos trasladado a un erial en Perales, concebimos la estrategia atinada para actuar en el momento en que nos presentáramos ante las recién llegadas.

—Es muy peligroso aparecernos así, nada más, debemos esperar a que los papás no estén en casa. ¿Quién sabe con qué clase de personas estamos tratando? ¿Y si el padre es policía o un asesino? Ya hemos tenido experiencia con esa clase de basura. ¿O no? Hay que mantener muy vigilada la casa. Propongo que Tomás, cara de pito, vigile desde temprano la escena donde vamos a actuar.

—No, no, la señora está siempre metida allí, ni siquiera sale a la calle. Parece como si hubiera llegado a vivir a una tumba.

—¿Y qué? A Herman le toca acostarse con la mamá. Y a nosotros, las hijas: aritmética simple.

—Ya me cogí a tu mamá —respondió de súbito el *Negro*—, y también me cogeré a todas las mamás que me pongan enfrente, pinche güey.

Herman mascullaba hilos de palabras entre dientes pero habíamos aprendido a comprenderlo. Sabíamos que se encrespaba cuando contraía los ojos y nos acribillaba con sus pupilas de obsidiana. Los malditos ojos negros y su ira profunda. ¿Qué hacer?

—Ya está solucionado —dije yo. El silencio se hizo y lo aproveché para continuar hablando—: ¿recuerdan que les conté acerca de un plan que se me ocurrió? ¿Un plan que no puede fallar porque es perfecto?

—No recuerdo ni puta madre.

—Yo tampoco; no la hagas de emoción, güey. Suelta la leche.

—El papá de Tomás —proseguí— guarda tabletas de yumbina en la bodega de su casa. ¿Verdad, Tomás? Cualquiera, en su sano juicio, cambiaría diamantes por esas tabletas….

—Sí, las vende a ganaderos y dueños de corrales, algo así. No son diamantes, pero sí lo son cuando las necesitas, dice mi papá.

—¿Y qué mierdas es la yumbina? Me suena a algo peligroso.

—¿Peligroso? Tomando una sola pastilla las viejas se ponen calientes y no hay quien apague el incendio. Imagínense esto: se traga una sola pastilla y la vaca le pide a un toro de cuatrocientos kilos que la monte —explicó Tomás, no muy seguro de lo afirmado, hijo de un veterinario que se hallaba al servicio de varios laboratorios. Garrido abrió tanto los ojos que estos rebasaron, otra vez, el diámetro de la luna.

—Escuchen el plan, pendejos, come almorranas: dos de nosotros, ya veremos quiénes, llevarán un puñado de esas pastillas y las vaciarán dentro del tinaco de la casa. Ellos usan un filtro de agua en el grifo de la cocina, lo vi desde la calle, pero eso no quitará el efecto de la yumbina. Hay que depositar las pastillas en la mañana y esperar a que las hijas lleguen de la escuela. Y en la tarde nos presentamos todos a darles la bienvenida. El papá no viene a comer y se aparece hasta la noche. Es como mi papá: nada más llega a tragar y se duerme.

—¿No habían dicho que la mamá no salía a ningún lado?

—Bueno, a veces recoge a sus hijas en la escuela. La acompaña la sirvienta.

—¿Cómo tienes tanta información si apenas se cambiaron hace unos días?

—Yo lo sé todo, ¿no es obvio, güey?

—Bájale, pinche Buda.

Mi explicación causó una débil reticencia, o más bien desconcierto en el pleno de la reunión. Me encabroné, ¿acaso mis palabras no habían sido rotundamente claras? Entonces, tocado por un repentino rayo de claridad, Garrido gritó:

—¡Sí, es obvio, y cuando lleguemos a presentarnos con ellas van a estar tan prendidas como una pinche hoguera! ¡Fuego candente! ¡Hay que comprar condones!

—La mamá nos invitará a pasar, tenemos que llevar algunos regalos. No somos unos guarros.

—Flores, y ya.

—No, flores no. En cuanto vea la cara de Tomás la señora va a pensar que las robamos de algún jardín; necesitamos algo que la obligue a invitarnos a entrar. Chocolates o pan… y entonces seguramente tendrá que ofrecernos refresco, o una malteada.

—Mmm, ya se me antojó la malteada. ¿Vamos a Plaza Universidad el sábado?

—¿Y quién va a pagar el pan o los chocolates? Tienen que ser caros, muy caros… y así nos llevarán directamente a la cama.

—Unas putas cobran mucho más caro; yo los pago, ¿qué pueden costar unos pinches y jodidos chocolates? —Garrido hacía cálculos teniendo siempre como referencia alguna transacción carnal que acaecería en el futuro cercano. Su aritmética biológica precedía a los árabes y a los griegos.

—En mi casa tengo una caja de chocolates, sin abrir, desde la Navidad pasada. Yo la ofrezco con la condición de ser el primero en la lista —nos ofreció Gerardo Balderas, fingiendo humildad cuando todos sabíamos que las miradas de las niñas se posarían de inmediato en él.

—Son tres viejas, hay para todos.

—¡Cuatro, si contamos a la mamá! A las señoras no hay que chorearlas, ni convencerlas. Ellas te asaltan: son violadoras por naturaleza.

—No vociferes sandeces, recontramamón.

—¡Cinco!, si sumamos a la sirvienta. Es de ciudad, no de pueblo. Se ve atea y caliente…

—Lo primero que debemos hacer, una vez dentro de la casa, es distraer a la mamá. Propongo que Tomás se encargue de eso, a todas las mamás les atrae su pelo: se les enredan los dedos en los caireles de Tomás…

—Basta, güeyes. Mi cabello no es una trampa atrapa rucas. Si queremos distraer a la señora llevamos los pinches chocolates, ¿o qué? La mamá se come los chocolates mientras nosotros acaparamos a las hijas.

—Qué inteligente eres, cabrón, no vives en una caricatura. ¡Piensa! ¡Piensa un poco!

—¿Entonces a qué chingados vamos y de qué sirve la yumbina?

Y en el desmenuzar los pormenores del plan se consumía la tarde y la noche. Los comentarios disparatados, como los anteriores, provenían de cualquier garganta libre. Alguien abría la boca y de su laringe expelían sustancias fétidas convertidas en palabras. Era mi plan, una tontería brotada de una mente que se ubicaba seguramente en las rodillas y en los cartílagos; ¿por qué mis amigos tomaban tan en serio mi proyecto? ¿Acaso no acudían a las mejores escuelas de la ciudad, olorosos a jabón fino, esperanza e inteligencia? ¿No tomaban clases impartidas en inglés y a sus doce o trece años podían hablar tan fluidamente aquel idioma como cualquier gringo legítimo? ¿Entonces por qué se expresaban peor que la supuesta bazofia humana que habitaba en mi antiguo barrio de la colonia Portales? Yo desconfiaba de la astucia o la inteligencia de mis actuales secuaces, pero después de aquilatar su reacción entusiasta me decidí a continuar y a no detenerme hasta ser testigo de cómo mis recientes grandes amigos se despeñaban en una pronunciada barranca escarpada. Toda persona, a esa edad, es un aspirante a payaso. Y nuestro turno de probar suerte como payasos se aproximaba ya a grandes zancadas.

Los encargados de escalar las azoteas y aproximarse al tinaco, de la casa próxima a ser abordada, fueron Tomás y Gonzalo. Este último era un fornido jugador de futbol americano, *half*, corredor del equipo juvenil de las Cobras y capaz de trepar por un alto muro valiéndose solamente de las uñas y la punta de los pies. Nuestros enviados aprovecharon la soledad de la mañana y, sin ningún obstáculo serio, depositaron la yumbina en el tinaco cilíndrico de concreto en la casa señalada. Las bombas eróticas —a cada pastilla la bautizamos con uno de nuestros nombres— habían sido lanzadas sobre nuestra minúscula Hiroshima. Gonzalo, como he mencionado antes, se destacaba en las acciones físicas que llevaba a cabo poseído por un entusiasmo fuera de lo común. Gonzalo deseaba ocupar un lugar en el mundo de las cosas vivas y a causa de ello obraba como el soldado que ansía las órdenes del teniente para cumplir de inmediato sus misiones. Yo sospechaba de su timidez oculta, pues, como yo y mi hermano, él acababa de llegar al barrio y su genealogía dejaba mucho que desear. ¡Provenía de Azcapotzalco! ¡Era un genuino y jodido Tepaneca! Había que convencerlo y convencernos de que tenía derecho a ser uno de *nosotros* y darle un pasaporte a la escoria: tanto a él como a su hermano menor, Chucho, más apocado y menos sagaz que Gonzalo. Las aduanas se multiplicaban, silvestres e infinitas.

Durante una tarde clara, cuando las aguas del canal permitían ver a los peces más negros y los cerros al sur de la ciudad abrían sus contornos entre el aire detenido, la real y primera comitiva formada por Gerardo Balderas, Tomás, Garrido, Herman y yo acudió a dar la bienvenida

a nuestras deslumbrantes vecinas. Gerardo sería el encargado de hablar en nombre de todos y presentarnos: el apuesto Gerardo, profeta y orgullo nuestro. ¡La alegría se esparcía
cínica entre las sonrisas de la comitiva! Se aproximaba la
mayor orgía del siglo veinte, la más monumental aventu-
ra sexual de la que se hubiera tenido jamás noticia. ¿Qué
engendros eróticos producía cada una de nuestras cabezas?
Tomás llevaba en sus manos la distinguida caja de chocolates
cubierta de papel celofán, y encima de ella varios sobres, tés
de rosas, de limón y otros que había extraído de un mue-
ble de su cocina. Herman se había plantado en el torso el
saco azul marino de solapas de seda y botones negros, y
el cabello de Balderas se esponjaba más, más y más, como el
venenoso pez globo oculto en el estuario. Una segunda
comitiva integrada por Gonzalo, Jesús, Orlando mi hermano, y Ramiro Guzmán alias el *Huevo*, hermano menor
de Herman, tendría que hacer su aparición, según los pormenores de mi plan, media hora después de que la primera
cuadrilla estuviera dentro de la residencia tomada. Ellos, los
integrantes de la segunda categoría, tendrían que aguardar
en el jardín de mi casa, alertas a la señal proveniente del
comité de avanzada. En nuestra pandilla, como en todas
las organizaciones masculinas del sucio y violado planeta Tierra, existían minuciosas clases, rangos o jerarquías.
No bien un ejército resulta eliminado por el enemigo, otro
viene en camino con el único fin de ser también eliminado algún día a manos de otro ejército cuya meta esencial
es ser desmembrado y humillado algún día por otro ejército… y así, hasta que los dinosaurios vuelvan al planeta que
les pertenecía.

Nuestro plan, como era de esperarse de todo plan rotundamente estúpido, fracasó.

Tomás oprimió el botón del timbre adosado a la barda de piedra de la casa recién habitada, pero nadie se apresuró a abrirnos o despejarnos la entrada. La barda medía un metro de altura y nuestros ojos avivados y expectantes oteaban hacia el interior de casa. No descubríamos oleaje de cortinas y las ventanas inmóviles no permitían entrever algún rastro de vida. La estampida de mujeres en celo que suponíamos pasaría encima de nuestros cuerpos, simplemente no existía ni aparecía a la vista.

—Creo que no hay nadie allí dentro. Estamos más que jodidos —susurró una voz nerviosa y también decepcionada.

—Espera, güey, ¿qué crees que están haciendo?, se preparan para recibirnos. Ellas no nos esperaban y no van a presentarse así, nada más. Son mujeres.

—Algo camina mal... yo creo que no se han enterado de que estamos aquí. El timbre no funciona, ¿alguien lo escuchó?, hay que atravesar el jardín y tocar la puerta directamente.

—¡El timbre funciona! Todo allí dentro camina como un reloj.

—Estoy tan caliente que calcinaría esa puta puerta. ¡Soy el cautín violador! —El que vociferaba, ¿quién más?, era Garrido. ¿Qué podíamos hacer con el pinche atarantado de Ale? Nada; nuestro amigo tenía derecho a expresarse. La antigua Revolución francesa y los derechos humanos regados por todo el planeta se lo permitían: ¡se lo exigían! Su saco refinado color guinda, parecido al de Herman, y el escudo de su escuela estampado en la tela del saco, no pasaban inadvertidos a ojos de nadie, y le otorgaban en ese momento un tono de graduación escolar algo deprimente. Nuestra graduación resultó ser tan triste como la de cualquier estudiante menesteroso y de promedio escolar miserable.

—Hay algo raro en esta casa, ¿qué clase de flores son ésas? —Señaló Herman en dirección a un montículo de tono violáceo erguido en el jardín anterior de la casa.

—Hortensias, en mi casa también tenemos hortensias; ¿qué, no las has visto? Tú no reconocerías ni un pinche nopal.

—Son venenosas —dijo Tomás.

—¿Venenosas? No seas pendejo, güey, ¿cómo van a ser venenosas las hortensias? Son plantas de sombra, no deben permanecer bajo el sol todo el día; aquí se van a morir —dije yo, repitiendo palabras que le había escuchado a mi madre decir alguna vez.

—Si les pones cianuro son venenosas —se defendía, obstinado, Tomás. Nadie pondría en duda sus conocimientos científicos.

—Pendejo.

—Mamón.

—Venenoso tienes el culo.

De pronto, y mientras discutíamos acerca de las flores letales y la ignorancia botánica de Tomás, una mujer demacrada que cubría su cuerpo con una bata blanca y lucía sus cabellos lacios y güeros, abrió la puerta y se encaminó hacia nosotros. La madre sonreía a su pesar, pero la curiosidad maquillaba someramente su fastidio, y sus ojos volaban auscultando el rostro de los inesperados visitantes. "¿Quiénes son estos niños?", cuestionaban sus ojos dubitativos. Nos presentamos, uno a uno, correctamente y añadiendo el apellido a cada uno de nuestros nombres, e incluso el animal de Herman se inclinó ante ella como si se presentara en la corte frente a la reina madre, heredera de un gran imperio. Aquel gesto estuvo fuera de lugar. ¿Una genuflexión? Tenía que ser el maldito y jodido *Negro* come pito quien nos pusiera en ridículo exhibiéndose de esa forma, como si fuera un palafrenero o un mozo.

Le informamos al amable espectro materno cuál era el principal motivo de nuestra visita, y le extendimos la caja de chocolates tapiada de madera envuelta en celofán, y los tés de rosas y de limón. Con el único propósito de adjudicarse la propiedad de los obsequios, Tomás se apresuró a aclarar: "Los tés se los envía mi mamá, para acompañar los chocolates, así saben más ricos". Fue entonces que aquella mórbida doña madre nos dio la terrible e inesperada noticia, la cual nos transformó en anodinas y perplejas estatuas de hielo. Sus hijas y ella habían enfermado de pronto, probablemente a causa de algún alimento podrido; una de ellas, incluso, se hallaba en aquel mismo momento internada en un hospital privado. Su esposo había tenido que abandonar la oficina, volver a casa y llevar con el médico a la más enferma de sus hijas para practicarle una revisión exhaustiva; permanecían todas en cama, incluso ella, la madre... Pero en cuanto la salud volviera, nos prometió con la caja de chocolates en la mano, nos invitaría con gusto a su hogar y todos juntos degustaríamos chocolates y tomaríamos té de rosas: éramos, no cabía ninguna duda, "jovencitos encantadores y simpáticos" y la cortesía de nuestra recepción expresaba la dignidad de nosotros mismos y de nuestras familias. Qué afortunada elección la de mudarse a aquel lejano residencial. "Yo tenía muchas dudas acerca de traer a mis hijas a vivir a un lugar tan apartado pero hoy, conociéndolos a ustedes, creo que tomamos la mejor decisión. Son ustedes en verdad preciosos", dijo la madre mientras fijaba sus ojos en la figura de Gerardo Balderas y en los caireles pelirrojos de Tomás. Precio-sos. Preciosos todos aquellos jodidos prepucios mustios e hipócritas. Claro, no había manera de que pronunciara la palabra "preciosos" y al mismo tiempo dirigiera sus ojos a Herman. Una acción así habría delatado su miopía o su inminente locura. Y una vez que la madre cumplió el protocolo y acarició el cabello de Tomás, dio media vuelta y se encaminó a la puerta principal de su nuevo hogar. Y desapareció. El jardín entonces se tornó gris y gélido, el viento detuvo su baile cadencioso, y las hortensias palidecieron. El cabello de Gerardo se aplanó, como un *hot-cake* en la plancha, y Herman se liberó del saco y lo puso en la cabeza de Tomás. Volvimos en silencio a mi casa. Teníamos que dar la noticia a la segunda comitiva, ansiosa y dispuesta a entrar en acción. ¿Qué tristes conclusiones atravesaron por nuestras cabezas en los sesenta metros de distancia que separaban a la primera de la segunda comitiva? ¿Asesinato? ¿Y si moría la niña en el hospital? Todo plan brillante lleva en sí el germen de la tragedia y el fracaso latente. Cuando llegamos al jardín base, en mi casa, donde aguardaban, ansiosos, nuestros amigos, dio inicio la especulación y el desvarío. Mi madre abrió la ventana de la cocina, chismosa y dispuesta a escuchar la charla. Su curiosidad nos obligó a mudar la asamblea al camellón frontal y evitar así el rancio talento de sus oídos. Me detuve algunos segundos y contemplé, absorbido por la desgracia, las hortensias de mi jardín, definitivamente lucían más bellas que las hortensias vecinas, y además no morirían calcinadas por el sol. ¿Qué obsesión repentina me había lanzado de bruces, y en tan crítico momento, a la horticultura? Intentaba distraerme, restarle atención a lo que acababa de sucedernos.

—La yumbina estaba envenenada, no mames, casi las matamos.

—No, no estaba envenenada —abundó Tomás—, es inofensiva. La obtienen de un árbol africano, dice mi papá

50

que es natural y no mata a nadie. Si van a echarme la culpa, chinguen a su madre de una vez.

—¿Árbol africano? Pinche Herman, tus antepasados son los reales culpables. Todo el veneno proviene de África. Mi papá me dijo que acaban de descubrir un esqueleto humano que tiene tres millones de años, ¿dónde creen? En África.

—Claro, estúpidos —rezongó Herman—. Yo los parí a todos ustedes.

—¿Revisaste la fecha de caducidad? Las medicinas deben mostrar en la caja una fecha de caducidad antes de transformarse en veneno.

—No hay fecha de caducidad en esas sustancias, las vacas siempre están calientes y listas. ¿Tú crees que no se excitan cuando les jalan las ubres? —Al pronunciarse así, Tomás nos dictaba una cátedra instantánea. Mas su cátedra sería todas las veces refutada.

—No tiene nada que ver con las vacas, es una cuestión química, pendejo. Tu papá roba las pastillas de algún laboratorio y no pone atención en la fecha de caducidad. Todo, absolutamente todo, caduca. Hasta el puto universo tiene fecha de caducidad.

—Fue la dosis, tendríamos que haber puesto menos.

—Yumbina, qué idiotez; mi papá toma píldoras para dormir. Hubiéramos puesto esas pastillas en el tinaco, mejor viejas adormiladas que enfermas.

—¿Y para qué quieres que estén dormidas?, pinche violador. No íbamos a robar, sólo tratábamos de sondear el terreno —¿De dónde había obtenido Herman aquella frase?: "Sondear el terreno".

—No salieron a recibirnos porque vieron a Herman y creyeron que era un caníbal.

—Un chocolate con pelos.

—Ya no mamen, güeyes. Ustedes son racistas y pende-jos, que es lo mismo.

—¿Y si se muere una, o todas? ¡Puta madre! Ya me entró el miedo.

—La idea fue del pinche Willy, y Gonzalo puso las table-tas en el tinaco. Se van a la cárcel, seguro.

—Yo los delato —dijo Gonzalo, muy serio—. Si me voy yo, nos vamos todos. Hasta el papá de Tomás se va al bote por andar vendiendo esas cochinadas. Pinche viejo dege-nerado.

—Mi papá es científico, güey. En cambio, el tuyo no existe, ¿o dónde está tu papá, güey? Nadie lo ha visto nun-ca —exclamó Tomás.

—Ni su mamá lo vio; entró en la noche a robar y…

—Se callan, ¿o qué?, cabrones —mi voz asumió breve-mente el papel de la autoridad.

Con el fin de aceptar a Gonzalo y a su hermano Chucho en nuestro clan, dos meses antes del episodio de la yumbi-na los habíamos sometido a una prueba de solidaridad y efi-cacia. Debían escalar una barda hasta la azotea de la casa de un vecino al que apodábamos el *Asesino*, a causa de haber matado a balazos a un perro callejero, dócil y sarnoso. La misión de Gonzalo, y su hermano, consistía en llevar hasta las alturas de la casa elegida una damajuana o garrafa que, previamente, habíamos llenado con los orines de cada uno de nosotros. Los aspirantes a formar parte de nuestra comu-nidad tenían la encomienda de vaciar la damajuana en el tinaco del *Asesino*, el matador del perro sarnoso. Cada uno de nosotros cumplió con la porción adecuada y el garra-fón se colmó del líquido amarillento hasta el nivel del cue-llo. Cerca de la media noche Gonzalo y Chucho realizaron su encomienda: escalaron en silencio la guarida del asesino y depositaron los restos de la energía líquida en el cilindro de asbesto de aquella casa que habitaba el señor contador público y exmilitar, al lado de su esposa, una sirvienta y dos hijos pequeños.

¿Era nuestra venganza por la muerte del perro callejero y maltrecho que merodeaba Hacienda de Mazatepec, Perales y otras calles aledañas? ¿O se trataba de una broma más? ¿Una asquerosa y agusanada ocurrencia? Lo que fuera. Las causas son volátiles a esa edad, volátiles e indefendibles. El exitoso resultado de sus deberes dio lugar a la aceptación unánime de los aspirantes a ser miembros de nuestro grupo. A causa de la destreza exhibida en el momento de escalar bardas, le encargamos a Gonzalo la misión de llevar y vaciar la yumbina en el tinaco que abastecía de agua a las niñas moribundas. Él, acompañado esta vez por Tomás, había cumplido cabalmente su misión idiota, como la mayoría de las misiones que realizamos a lo largo de tres o cuatro años en espera de la emoción legítima y reveladora que nunca llegó.

—Se los digo de una vez: si se muere alguien, yo confieso que fuimos todos. —Gonzalo, como remarqué antes, era el más fornido entre nosotros y además poseía un carácter iracundo, firme sí, mas penetrado por una inquina profunda e insalvable. Su timidez iba de la mano con los ataques de ira repentina y el resultado no podía ser menos desagradable: era una bomba capaz de estallarle en las manos a cualquiera. Un buen ojo lograría descubrir en su entusiasmo exultante, en sus músculos excesivos —a una edad en que lo común es ser gordo o flaco, nada más—, algo de locura o anormalidad genuina y ramificada que se expandía en toda su persona. La cadena de oro adosada al cuello, su nombre grabado en ella, Gonzalo Nateras; el perfume penetrante de su jersey y de sus camisas planchadas, invirtiendo en el acto una minucia china, y su cabello lustroso, dibujaban en detalle a su personaje. Su aspiración a ser un adulto prematuro y su cortesía exagerada contrastaba con el humor estúpido y vacuo del resto de nuestros compañeros. Ya dije que su familia y la mía provenían de barrios pulgosos y él, como el perro extraviado, la puta septuagenaria o el vendedor de aspiradoras, deseaba también ser aceptado por algún otro ser vivo. Mas la ansiada aceptación no incluía, por supuesto, ir a la cárcel, en vez de cursar la carrera de Ingeniería Aeronáutica en el Politécnico.

—Me vale madres. O todos criminales o todos inocentes —recalcó Gonzalo. Su socialismo bárbaro afloró por primera vez desde que lo conocimos.

—Tú pusiste la yumbina en el tinaco y envenenaste a esas niñas. Te dan veinte años de cárcel por eso, mínimo. Yo salgo libre bajo fianza de inmediato. Mi padre es amigo del regente de la ciudad....

—Si llamas a la muerte, la muerte vendrá. Sólo están intoxicadas. Y no iríamos a ninguna cárcel: somos menores de edad. Además, tú eres retrasado mental: vas directamente a un psiquiátrico.

—Sí, cabrón, y a ti te regresarían al útero, pinche feto muerto.

—Tú no podrías regresar; ¿qué útero te aceptaría? Tal vez un útero podrido. El de tu madre que se suicidó después de echarte al mundo.

El silencio dio pie a que la noche llegara y cada uno de los amigos se despidiera cobijado por un pretexto diferente.

—No va a pasar nada —dijo Tomás—. Voy a acabar mi tarea. —Tomás estudiaba en el Instituto Inglés Mexicano, a un lado de Calzada del Hueso. Allí estudiaban también sus hermanos menores y Norma, mi hermana.

—Me voy contigo. Yo también tengo que tirarme en la cama a leer, mañana hay examen de biología. —La casa de Gerardo, de cara al periférico, se hallaba a un costado de la casa de Tomás.

—Hay que regresar mañana —insistía Garrido, terco, aferrado al tren que se perdía en lontananza—. Tal vez la yumbina tarda varios días en hacer efecto. Revisaré la enciclopedia *Quillet* que compró mi papá hace un mes.

—Pinche obsesionado. Ve tú si quieres. Yo no me acercó a esa casa en dos meses, al menos —respondió Herman.

—Yo lo acompaño mañana, no hay problema, ¿qué puede pasar? —Mi hermano levantaba la mano; quería ser parte de todas las misiones, y si éstas fracasaban todavía mejor para él. Orlando intuía que la malicia sin experiencia sirve de muy poco. Las experiencias se tornaban ratones huidizos que perseguíamos sin lograr alcanzar.

—Qué plan tan pendejo, ¿a quién se le ocurrió?

—Los planes estúpidos resultan, y el mío era demasiado inteligente —me defendí. Nada tenía de inteligente, el plan, pero si lo decía yo, tenía que serlo. Es el sentido indicado de la vida. Yo decidía lo que era inteligente o no.

—Bájale de huevos, míster cerebro.

—Nos vemos mañana, yo ni siquiera sabía que existía la yumbina, pinche mierda. Hasta luego, hijos de la yumbina.

—Me voy a ver la televisión, van a repetir el partido de los Vaqueros. Harvey Martin está cada vez más cabrón, es un verdadero asesino, un mastodonte, un…

—¿Han notado la cara de criminal despiadado que tiene Terry Bradshaw? Se parece a Jack Nicholson, en *Easy Rider*.

—Pero él es *quarterback* y con que tenga un brazo poderoso es suficiente; además él es de los Acereros, no de los Vaqueros, pendejo.

—Ya lo sé, güey. ¿Crees que soy analfabeta? Sólo decía…

—Y no se parece en nada a Jack Nicholson, no mames…

—Bueno, chinguen todos a su madre. Nos vemos mañana.

Capítulo 4

Esta mañana de marzo me he incorporado de la cama cuando todavía los vecinos duermen y se sueñan a sí mismos siendo otros, mientras toman distintas posiciones corporales: fetales, erectas, horizontales. Es un alivio para el alma saber que los que se hallan más cerca de ti permanecen aún tirados e inconscientes. Como si habitara la morgue, yo, y supiera que los cadáveres mienten, susurran majaderías y abrirán los ojos en cualquier momento próximo. Mientras tanto disfruto de la atmósfera y del silencio derramado. El susurro que proviene de la ciudad antes de despertar, apenas si comienza a manifestarse. Husmeo por la ventana y escucho el latido en potencia, tenue y soterrado, de las bestias mecánicas y humanas que han sido lanzadas a las calles para convivir entre sí. El culo de las máquinas produce un ruido que acallaría al más grande, sonoro, estruendoso y vanidoso culo humano. Hace más o menos dos meses que terminé de escribir el bosquejo de un guión que me solicitó una productora relacionada con la editorial en la que trabajo. El personaje tenía que ser un idiota que, además de ser idiota, cumpliera un papel misterioso y excitante. Fue bastante sencillo porque estoy habituado a escribir libros cuyos personajes idiotas van de un lado a otro complicando el mundo. Y además simulan ser misteriosos y excitantes. Vaya cretinos. Vaya escoria de mierda. De pronto, en el transcurso de la historia, alguno de estos idiotas deja de serlo durante un instante y resuelve las cosas que el resto de los idiotas complicó. No hay mucho más que eso en los dramas humanos, según mi experiencia. Hasta las ardillas llegan a ser más creativas y simpáticas que los hombres cuando se persiguen en las ramas de los árboles y se hablan entre sí moviendo la cola o chillando, histéricas. No escribiré un libro acerca de automóviles deportivos, lo he dicho ya. Además de obtener dinero trabajando para la editorial, cuento con algunos amigos en el cine que me solicitan historias o guiones que muchas veces no se filman. En el cine hay carretadas de dinero para desperdiciar y casi ningún proyecto se filma. Hay directores y productores que no han leído una novela en toda su vida, sólo guiones y síntesis de historias. Yo los veo como si hubieran nacido amputados o no desarrollaran uno de sus sentidos. ¿Qué diría una bailarina acerca de mí? "Es un muñón cuando baila; un trozo de salami…"

Algunos de mis amigos todavía me llaman "Willy". En el cine se dan el lujo de tirar a la basura cientos de historias. A mí me pagan algunos miles de pesos y ello es suficiente. Las letras no son el papel, no tienen cuerpo y son como voces que se encienden y apagan cada segundo. Quizás por eso valen tan poco.

Hoy me levanté temprano, tomé unos sorbos de café colombiano y, en seguida, le pegué a un costal que cuelga en medio del pasillo que corre de la recámara al comedor. Los primeros golpes que doy son fuertes y los últimos, débiles; así es en todo: al revés de lo que debería ser. Por esta razón del *todo al revés* me dedicaré ahora a escribir la historia que se desarrolló al final del periférico hace ya cuatro décadas. Nadie pagará con dinero mi esfuerzo porque nadie me ha pedido narrar este relato. Aprovecho, además, que los rostros genuinos de mis amigos de la infancia se mantienen intactos: o no, pero, ¿qué importa? Los rostros son óvalos, círculos, triángulos o cuadrados con pelo encima; allí están y su realidad no puede ser puesta en duda, ni siquiera por el golpe directo de una fotografía. No los he vuelto a ver ni sé dónde están. No es verdad: sé perfectamente dónde están, siguen allí, al final del periférico, y yo tengo que ponerme a teclear y ver cómo me asomo de nuevo a las calles que formaban el perímetro de nuestra aldea. Si hubiera tenido hijos sabría quizá dibujar con mayor precisión el alma adolescente, pero es posible que no hubiera logrado escribir nada real o emotivo; la escritura no me hubiera bastado para mantener a mis personajes con vida y tampoco habría logrado recordar quién era yo mismo. Es probable que la borrosa imagen de los hijos que me resistí a criar se fundiera con la de aquellos niños arrejuntados al final del periférico, y mi memoria pereciera a la hora de darme el material necesario para bosquejar el carácter de los adolescentes con cierta fidelidad.

He reunido en la historia aquí narrada las andanzas sobre los tinacos de asbesto, el vaciado de yumbina y orines, aunque ambos actos sucedieron separados sólo por algunos meses. El asunto es que así se presentan los hechos en mi memoria y no tengo vocación de ordenarlos. Ahora que me veo extrayendo sarro de la memoria me río tan sólo de pensar que nosotros, pequeños criminales en cierne, le llamábamos *asesino* al respetable señor contador público que habitaba una de las casas en la calle Hacienda de Mazatepec.

Este hombre conducía un recién estrenado Dodge Dart que su sirvienta lavaba los sábados puntualmente. Usaba anteojos ahumados, y presumía de tener un pasado de militar con grado de teniente, ¿o de capitán?, no recuerdo tampoco. En un país que no está en guerra, los coroneles y los cabos se parecen en casi todos los aspectos, excepto en el sueldo que ganan a cambio de no hacer nada, absolutamente nada. Aquel hombre, adusto y hosco, no intimaba con el resto de los vecinos y su esposa prefería bajar la cabeza antes que saludarte o cruzar palabras contigo. Lo llamábamos *asesino*, a él, porque había disparado su rifle para matar a un perro sarnoso y maltrecho que merodeaba las calles de nuestra colonia: no a un león, o a un lagarto. ¡A un jodido perro sarnoso! El perro no llevaba enfermedades consigo porque él mismo representaba la imagen misma de la enfermedad, y le estaba prohibido pasearse en un residencial en donde a los animales se les llamaba *mascotas* y debían, las mascotas, provenir de una raza de reconocida alcurnia canina. La víctima, el pobre animal carente de rango alguno, había errado sus rumbos, pues si hubiera transitado por mi antiguo barrio en la Portales, más de una mano le habría lanzado un hueso o puesto en boca un platón colmado de caldo de tortilla. Sí, claro, lo habrían hecho antes de matarlo. ¿Qué piedad no mata o humilla a su debido tiempo?

Su sentido de supervivencia lo había traicionado, al perro, y lo había colocado en la mira de un militar ansioso de utilizar sus armas guardadas en la vitrina o el armario. Aquel domingo, a punto de llegar el mediodía, escuchamos las descargas del rifle. Sonaban como el golpe de un matamoscas contra la pared, un gigantesco matamoscas. El *asesino* disparaba su rifle desde el quicio de una ventana en su hogar, a escondidas, practicando la puntería, y el perro, atravesado por las balas, nada más no terminaba de morirse. Las balas rompían sus huesos, sí, pero no tocaban ninguno de sus órganos minúsculos. En la cocina de mi casa, Orlando, mi hermano menor, dio un alarido en cuanto se percató de los hechos.

—¡Están matando al sarnoso! ¡Pobre perro!

—¡No veas eso, hijo! —le gritó mi madre y lo jaloneó del hombro hacia atrás. Ella, atenta al compacto mundo que la rodeaba, sabía muy bien lo que ocurría en la calle.

—¡Es el vecino de enfrente, el militar, ya lo vi! —exclamé yo, asomado a la ventana de mi recámara, en el primer piso. Desde allí lograba dominar casi toda la calle, el camellón y sus colorines floreciendo más allá el descampado, y por supuesto las casas enraizadas en la acera frontal entre las que se hallaba la casa del *asesino*. Sentí una punzada inusual en el estómago, como si el impulso de las balas se alojara allí, pura energía concentrada, temor, odio e incapacidad de explotar.

—Si estuviera tu padre no lo permitiría. Malditos militares, nacieron para regar sangre y seguirán batiéndose en sangre. —En el momento de proferir tales palabras mi madre ascendía, al mismo tiempo, las escaleras de casa a gran velocidad; corría y no avanzaba, se tropezaba y volvía a incorporarse.

—Mi padre estaría aplaudiendo la matanza —dije yo—, odia al perro sarnoso.

Aquello era la más pura verdad. Mi padre comenzaba a desarrollar una fobia hacia los perros callejeros que, antes, pasaban inadvertidos a su atención. Había ascendido de clase y él también prefería alimentar y cuidar *mascotas* en lugar de animales mestizos, vagabundos, pinchurrientos. Y el perro sarnoso representaba justamente la mancha, el pedazo de mierda, el furúnculo de nuestra calle. Con gusto se habría ido a tomar una copa de coñac en compañía del *asesino*, para brindar ambos y vanagloriarse por la exacta y mortal puntería.

—¡Cierra esa ventana, te puede alcanzar un tiro! —ordenaba mi madre, adoradora de canes y de todo ser vivo que le succionara algo de su bondad—. ¡Maldito demente, matar a un perro en plena calle, Dios lo está mirando, y sus hijos también! ¡Cobarde!

El perro se contorsionaba en la calle a un lado del camellón; no acababa de morirse, huesos rotos y pellejos agujereados, poca sangre y los órganos vitales aún más pequeños que una bala; por eso no se moría. Es difícil que en el viento dos balas choquen frente a frente y desaparezcan: la bala del rifle criminal y el estómago del perro. Mi madre estuvo tentada, lo adivinaba yo al escrutar su mirada, a tomar el revolver 357 de mi papá y repeler el fuego. No lo hizo. El *asesino* tuvo entonces, al notar que el perro no se moría y sólo se retorcía a mitad de la calle, la necesidad de descubrirse y aparecer en escena. Emergió fresco de su casa, erguido y algo solemne como si portara una bandera y el batallón completo de vecinos lo observara; caminó hasta el perro y le amarró una cuerda al cuello. El otro extremo de la correa lo enlazó a la defensa trasera de su Dodge Dart. Y así arrastró al moribundo can hacia el enorme llano que daba la cara a Cañaverales: el erial inmenso que se extendía casi hasta Calzada del Hueso. Allí lo dejó para que se pudriera y se lo comieran los topos, las ratas, o el polvo que cubría el terreno baldío.

El acto de asesinar a tiros a un perro en plena calle, y el sol en vertical, le acarreó a nuestro vecino el mote de *asesino*; sí, lo he dicho ya, y a su esposa el sobre nombre de *asesina*, y a sus hijos el de *asesinitos*. Y se acabó.

¿Pero quiénes creíamos ser nosotros, o qué cartas morales ostentábamos para dar juicios definitivos? Los espárragos tiernos lanzaban también misiles a diestra y siniestra y el principio se enlazaba al fin. Villa Cuemanco se estaba edificando apenas y aún faltaba el cincuenta o sesenta por ciento de las casas que habrían de completar el residencial. Terrenos baldíos, cimientos, obras negras flanqueaban las casas ya habitadas en aquel incipiente suburbio al final del periférico. Un parque de diversiones cuyas atracciones estaban a la vista: ladrillos, zanjas, piedras, hoyos en la tierra, varillas enhiestas, tuberías al aire libre y habitaciones a medio construir.

Al velador de los terrenos y obras negras lo apodábamos *Perico*. Y él lo ratificaba: "Soy el *Perico*". Varios veladores desfilaron ante nuestros ojos a lo largo de un lustro, tiempo en que el residencial completó su plan arquitectónico, pero no permanecían en el trabajo mucho tiempo: iban y venían. El *Perico*, sin embargo, fue nuestro amigo. Él y su rostro indígena, su pelo muy negro y brazos largos y secos como carne salada y tensa. "Amigo" es una palabra que usan los niños y los criminales, y en su boca aquello no quiere decir absolutamente nada: un momento después de pronunciarla, esa palabra se desvanece y pierde fuerza y movimiento. El *Perico* vivía en el interior de una obra negra, en una estancia en la que una colchoneta, la estufa despostillada de dos hornillas, dos lámparas de petróleo que humeaban el techo, un apilamiento de vigas de madera y una caja formaban el total del mobiliario. Si hacía frío, el *Perico* encendía fogatas dentro de su habitación y el humo escapaba a través de los espacios vacíos destinados a ser en el futuro la puerta de entrada o el tragaluz aún no instalado. El espacio del tragaluz imaginario habría de tener una importancia crucial en nuestras vidas, sobre todo en la experiencia de Garrido y Tomás.

El *Perico* nos narraba historias insulsas y extraordinarias a las que no hacíamos ningún caso porque no nos impresionaba: él estaba próximo a cumplir veintitrés años y suponía que su añeja experiencia y el relato de sus aventuras tendría que intrigar o impresionar a jóvenes diez años menores que él. En ningún aspecto sucedió algo así y más bien ocurrió lo contrario: el *Perico* no cesaba de reír al escuchar nuestros cuentos y confesiones, se rascaba la panza y el cabello; sus dientes blancos relucían como pulpa de coco y cuando su risa se acallaba apenas si atinaba a añadir:

—Pinches escuincles locos, cómo es que dicen tanta pendejada. Cualquiera pensaría que son unos niños de su casa, educados, pero, me cae, están bien pinches locos, pobres de sus papás.

—Todo es verdad, *Perico*. ¿Para qué te vamos a contar mentiras a ti? Nos vales madres, eres menos importante que un piojo.

—Ya no saben ni qué inventar, pinches batos.

Lo que en realidad buscábamos de nuestro nuevo *amigo* era que nos confesara en cuál noche exactamente invitaría a una de sus mujerzuelas a pasar un rato con él en el cuarto que había acondicionado como recámara y refugio nocturno. El *Perico* tenía lo suyo: su apostura y su don de engatusar sirvientas que trabajaban en los alrededores rebasaba cualquier expectativa o imaginación adolescente.

—¿Cuándo habrá función en tu teatro pornográfico, *Perico*? No te hagas.

—Yaaa, no sean pinches mirones.

—Cuándo vas a hacer lo tuyo, *Perico*. Ya te juntamos unos pesos, más de lo que imaginas.

—El sábado en la noche. Y no quiero su dinero. Ni que estén mirando. Los voy a acusar con sus papás, pinches morbosos jodidos.

—Y nosotros te acusamos con tu patrón. Estás aquí para trabajar, no para cogerte sirvientas en el suelo.

—Serán cabrones...

—¿Y tú qué? Eres más cabrón que bonito. —La frase favorita de Gerardo Balderas: "Más cabrón que bonito". Más cerdo que cigüeña; más jabalí que mariposa.

—Nomás no hagan ruido, ni se rían.

Nos gustaba observar desde el tragaluz de la obra negra a las mujeres que el *Perico* conducía hasta su delgada estera desplegada en el suelo. Mujeres que trabajaban, en general, como sirvientas o *empleadas domésticas*, en las casas del residencial. Al menos una sirvienta, un automóvil destinado a la esposa, colegios privados para el amansamiento de los infantes, jardines particulares y un refinado papel tapiz en las paredes: sin alguno de estos lujos no podrías ser un genuino residente de Villa Cuemanco. Y allí, junto a la luz de la lámpara, el *Perico* se acostaba con ellas, las manoseaba y se colaba entre sus piernas. "¿Quién es tu papacito?", les musitaba al oído mientras echaba atrás su copete negro y aceitoso. Las sirvientas, inocentes, acaloradas, mudas en la media oscuridad no sospechaban que existía un público de tlacuaches observándolas, un público de ratas nocturnas oteando desde el resguardo de sus ojos opacos: nosotros, y en especial Garrido y Tomás que no dejaban escapar una sola puesta en escena. Ni qué mentir: el *Perico* nos invitaba a mirar y aprovechar la oportunidad de presumirnos sus habilidades y demostrar que él no se masturbaba, como nosotros, "pinches escuincles fresas, chaqueteros": él, pobretón, invisible, carente de estudios y de tenis Nike tenía a la mano más mujeres que un actor de cine. *Pinchepericocharlesbronson-jorgeriverorockhudsonhijodesuputamadre.*

El atribulado velador no lograba atar bien los cabos. Su demostración de poder y seducción no parecía tener relación alguna con el hecho de ser, al mismo tiempo, objeto de observación científica por parte de unos gárrulos morbosos que decían ser sus *amigos*. ¿Cómo darle un cauce en su entendimiento a tal confusión? ¿Estaba transgrediendo alguna clase de ley animal desconocida? ¿Qué estaba recibiendo a cambio? La admiración de unos pinches adolescentes que, en teoría, tendrían que ser personas educadas pero cuyo comportamiento anómalo el *Perico* lograba comprender del todo.

—Anoche ni vimos nada; estás en la ciudad, *Perico*, aquí debes esforzarte más que en tu pueblo o nunca en tu vida dejarás de ser velador —le reclamaba Ale Garrido.

A veces, la luz de las lámparas no resultaba suficiente para alumbrar los cuerpos de las invitadas. Y el *Perico*, titubeante o medroso, apagaba una, o hasta las dos lámparas de petróleo que se hallaban a su costado.

—Si apagas la lámpara no logramos ver un carajo. Tienes que encuerarlas primero. —Sugería Tomás. La cabellera roja, su constante expresión de asombro y su piel lechosa me recordaban la figura de un mimo o de un aprendiz de actor callejero.

—Pues entonces cállense, güeyes, se oyen las risas y pujidos que hacen desde el techo. Yo tengo que mujir también, mjjj, mjjj, para que no los oigan. Si quieren ver, pues entonces se callan….

—Eres un payaso, *Perico*, nos haces reír…

—Chinguen su madre, güeyes.

Esos mismos espectadores furtivos resultaban ser los niños que llamaban *asesinos* a una familia entera debido a que el padre había disparado nueve balas contra el alma en pena de un perro. Lo había hecho, disparar las nueve balas, aquel mismo domingo en que Roger Staubach conducía a los Vaqueros de Dallas a la victoria y el América acababa de pasar por encima del Atlético Español que en esa temporada jugaría y perdería la final contra el Cruz Azul, mi equipo. ¿De qué razón o derecho moral gozaban aquellos niños, casi adolescentes, cuando lamentaban la muerte de un perro huesudo, desorientado y sarnoso? Tenían el alma partida en dos, el alma o los sentimientos, una parte del alma amaba a los animales a quienes reconocían como hermanos de colmillo, de baba, de alas y garras. Otra porción de sus sentimientos desconocía a esos mismos animales y los exponía como objeto de alarma e invitación a la desmembración y a la tortura, como insectos o roedores rabiosos amenazantes de la vida. ¿Cuántos animales no significaban en nuestra conciencia insectos que el ser humano tiene el deber moral y sanguíneo de pisotear? Así que, debido a razones ambiguas, a veces se amaba y lloraba a los animales, y otras se les aniquilaba. ¿Cuántos repugnantes Cara de Niño aplastaron nuestros pies cuando los descubríamos ocultos bajo una roca o merodeando en el césped? Matábamos a estos animales inofensivos cuya apariencia repelía a nuestros ojos, quizás por su acentuado color naranja, sus diminutos colmillos o a causa de su cuerpo de escorpión, araña y animal extraño.

A través del tragaluz de la recámara nupcial del *Perico* fuimos espectadores de escenas o imágenes que se arraigaron en nuestra mente: tales imágenes se transformarían en la pólvora con la que algún viejo pirata rellenaría en el futuro su arcabuz. Los disparos sobrevendrían después, mientras tanto sólo había ladridos babeantes, sarna que rascar, mocos ingobernables. Cuando su humor se disparaba al cielo, nuestro *Perico*, embajador de la noche, invitaba a dos o más de sus amigas. Se tomaban varios tragos de tequila Sauza al cobijo de las lámparas de petróleo, y en seguida se desnudaban. Por lo regular, las huéspedes efímeras, como dije, eran sirvientas que, al trabajar en nuestro barrio, conocíamos o habíamos visto pasar por allí en alguna ocasión, solas o acompañadas de su *señora*. En diversas ocasiones, el *Perico* nos sorprendía trayendo a la obra negra a alguna mujer totalmente desconocida, una extranjera venida de Xochimilco, Villa Coapa o de Granjas Coapa. El vodevil transcurrió de ese modo hasta que nos aburrimos de tanto mirar y a él lo despidieron cuando lo encontraron, una mañana, semidesnudo y tirado en el camellón de Hacienda de Mazatepec. ¿Quién lo descubrió? Mi madre. Ella había oteado el cuerpo desgarbado y alcoholizado del *Perico* recargado en el tronco de un colorín. No había amanecido del todo y en las hornillas de la estufa en mi casa ya hervían las aguas para el primer café materno: Nescafé o café Oro, café americano, cargado, muy negro, como lo tomaba ella para soportar la transición de la noche al nuevo día. Mi padre atendía el noticiero frente a la televisión de su recámara y los tres hijos presentíamos que pronto tendríamos que dejar de fingir el sueño largo y abrir los ojos, y comenzar otra vez con el juego sucio e impuesto de aprender a cumplir obligaciones.

Por esos días las imágenes de la Torre Sears, recién inaugurada en Chicago, o las Torres Gemelas en Nueva York, o la primera llamada realizada desde un celular en el mundo hechizaban la atención de nuestro padre. Cualquier noticia que diera al mundo señales de progreso le concernían. ¿Qué carajos iba a importarle el cadáver de un desgraciado cuando la NASA lanzaba hacia las profundidades del universo la sonda espacial Pioneer 11 cuya misión consistía en tomar fotografías de Júpiter?

—¡Han venido a tirar un cadáver aquí enfrente! —vociferó, alerta y animada, mi madre, la primera siempre en enterarse de las desgracias. Su ojo discreto y sagaz, pero también trágico, tornaba el mundo del color de su médula. Y de inmediato, luego del alarido, todos saltamos de la cama. ¡Un cadáver! Ya le hacía falta algo de emoción a aquella anodina y pinche mañana famélica. Mi padre dejó en paz las primeras noticias del día y se dirigió hacia mi cuarto que, para entonces, le había ya sido adjudicado a Norma, la única recámara de las tres existentes en la casa que poseía ventanas hacia la calle. Los hijos también nos apresuramos a hurgar, todos avistando el objeto muerto desde mi recámara, a espaldas de mi padre quien luego de calzarse sus pantalones informales y una sudadera salió a la calle con el propósito de echarle un ojo al bulto aquel. Volvió enojado y dando zancadas de avestruz:

—Es el pinche vigilante, está briago y en calzones y botas.

—¿El *Perico*? —pregunté yo. Y las escenas de la noche anterior desfilaron en acción lenta por mi cabeza. El Pe ri co to ma ba de los pe lo s a un a mu jer y ha cía que le chu pa ra el pe ri co mi en tra s él son reía a su au di to rio de l tra ga lu z…

—No sé cómo carajos se llama el pendejo… el velador. ¿Tengo que saber cómo se llama ese pobre diablo? —dijo mi padre, y tenía razón. Los tiempos en que nos importaba la gente de la calle habían pasado. Él tenía razón.

—Es un pobre hombre como lo has sido tú, como lo hemos sido todos. —Mi madre y su piedad humana extendida a perros y gatos. Allí se expresaba.

—En fin, como se llame, está tan borracho que no despertará en todo el día.

—Hay que llevarle una cobija, pobrecito, va a morirse de frío. —Mi madre quería llevarle una cobija al vigilante de obra negra, al actor pornográfico de las clases bajas, al *pobre hombre*—. Ha de sufrir mucho para llegar a un estado semejante. Tan joven él.

—Lo van a echar. —Mi padre hablaba, seguro de sí, arrogante como cualquier hombre que se haya instalado de una vez por todas en el futuro—. Un tipo borracho y pobre, mejor que se dé un balazo. O que se cuelgue y así nos ahorra el maldito escándalo. Me voy de nuevo a la cama y te prohíbo salir a ponerle una cobija al vigilante. Si lo haces llamo a la policía para que se lo lleven. Y a ti junto con él, estás loca.

—Has perdido el alma y lo que viene dentro de ella. *Conmiseración* se llama, ¿conoces la palabra?

Mi madre era ajena al lanzamiento de la sonda espacial Pioneer 11, a los noticieros y en general a la televisión. Si acaso, cuando la tarde se marchaba, ella, veracruzana, descendiente de italianos venidos del Trentino a principios del siglo veinte, y necia a la hora de imponer su voluntad, sintonizaba *La hiena*. Telenovela en la que Amparo Rivelles interpretaba a una villana capaz de hacer temblar el corazón de las mujeres sensibles, y en apariencia católicas y misericordiosas.

—Recuerda que ese hombre tenía la obligación de estar trabajando. Es un velador —precisó mi padre—. ¿Conocen lo que significa esa palabra? Alguien que pasa la noche en vela vigilando que no roben a quienes le dan de comer. ¿Cuántos ladrillos le robaron anoche en la obra que él tenía el deber de cuidar mientras estaba borracho? ¿O cuántas piezas de fontanería? Yo siempre hice mi trabajo, por eso vives aquí ahora, muy cómoda, apiadándote de los pobres.

—¿Y qué con todo esto? ¿Acaso ahora somos millonarios?

—No, pero lo seremos. Apenas estoy comenzando.

Y su voz atronó tan confiada en sí que todos guardamos un silencio reverencial y volvimos a nuestros cuartos. Sí, allí se expresaba una rotunda verdad, expuesta en boca de un hombre que no aguardó el paso de dos o tres generaciones para progresar: sí, que al pinche *Perico* desobligado se lo llevara la chingada, que se fuera a la verga mientras mi papá ascendía más, y más, y más.

Capítulo 5

Un domingo Tomás decidió tratar conmigo, finalmente, acerca de un asunto muy *delicado*, y *peligroso*, según él. Resultaba extraño que alguno de mis amigos se comunicara a mi casa en plena mañana del domingo. Ese día los padres descansaban y había que guardar cierto orden y concentrarse en la supervivencia de las células familiares: el día de la semana dedicado a la hipocresía senadora. El director de la prisión dominical, mi padre, vigilaba el interior de los muros y los gritos lo molestaban. Imaginé a Tomás, sonriendo y mostrando su dentadura blanca y medio chueca, en tanto esperaba oír mi voz. La verdad es que el rostro pálido de Tomás no conocía más que dos gestos: el de asombro o el de alegría. El infinito espectro entre ambas emociones no se hacía notar demasiado. O se asombraba y sus pupilas se endurecían y comenzaban a temblar, o abría sus labios y sonreía como quien se apresta a recibir la gran noticia. Tomás tenía dos años menos que yo, y estudiaba en el colegio Simón Bolívar, antes de que lo expulsaran e ingresara, libre de culpas, al Instituto Inglés Mexicano, escuela a la que también asistía mi hermana Norma, como he dicho antes. Tomás era chaparro y algo escuálido, y el mayor de cuatro hermanos. Blanco como las nubes que ese domingo avanzaban más veloces que nunca, Tomás, de huesos elásticos aunque muy quejumbroso, podía reír y quejarse al alimón. ¿Es eso posible? Sí, Tomás era la prueba de que esta acción simultánea podía tener lugar. "¡Te llama por teléfono Tomás!" Gritaba mi mamá desde el comedor. En su voz se denotaba cierto júbilo y orgullo: "Mi hijo comienza a recibir llamadas, como un adulto". Descendí a saltos las escaleras y tomé la bocina del aparato color marfil que reposaba encima de la consola Stromberg Carlson, y pegué la bocina a mi oreja.

—Bueno, ¿Tomás?

—¿Eres tú?

—Sí, güey, ¿quién más va a ser? Soy yo, Willy. Y estoy ocupado.

—Psss, creí que tu mamá fingía la voz. —Había ensayado varias veces su estúpida broma. No me causó el efecto esperado.

—¿Qué quieres, mamón? —Tomás solía impacientarme; él era en realidad más amigo de Gerardo Balderas y de Herman que amigo mío. ¿Qué carajos buscaba de mí? Yo lo consideraba un idiota, ¿no se daba cuenta? De un empujón podía hundirlo en el excusado y enviarlo a convivir en el caño al lado de sus tres hermanos menores.

—No puedo decirte nada desde el teléfono pero se me ha ocurrido algo que no me deja dormir. Algo... peligroso. Los domingos se me ocurren esta clase de ideas. Es raro cómo actúa el cerebro, piensa en sus propias idioteces y no te deja opción, pero no podemos hablar ahora, alguien puede estar oyéndonos, güey. Hay que convocar a una junta ultrasecreta, pero antes de la junta necesito hablar de estas ideas contigo y con el *Tetas*. Ustedes no me traicionarían, ¿verdad?

—Quién sabe, depende.

—Ya hablaremos luego de eso. Hoy te llamé para una cosa distinta. Algo urgente. Yo no quería llamarte, sé que tu papá es muy cabrón y tenía miedo de que él respondiera el teléfono.

El *Tetas*, le apodaban a Gerardo Balderas. ¿Era aquella manera de nombrarlo una forma de sobajar su apostura y rebajarlo a nuestra altura? No lo creo. Nadie en la cuadrilla de Villa Cuemanco poseía la capacidad de hacer tantas lagartijas como él. Y esa virtud la pagaba vía el desarrollo de sus pectorales; nada fuera de lo común, sus pectorales, mas cualquier detalle estrafalario o anormalidad se bautizaba de inmediato entre nosotros por medio de un mote.

—¿Entonces? ¿Qué quieres?

—Mi padre, otra vez; se le ocurrió ir a una granja que está cerca de Xochimilco y ahora me ha pedido que invite a mis amigos. Dice que ustedes van a disfrutar mucho el paseo.

—¿Qué hay en esa granja que puede ser tan divertido para nosotros?

—Nada en especial: vacas, lugares en donde acampar y levantar una tienda de campaña. Comida. A mi papá lo tratan muy bien porque hace negocios con los dueños de la granja. A mí me caga ir allí. Algo está raro…

—¿Entonces para qué me invitas, pinche Tomás? Me pides acompañarte a un lugar en donde *algo está raro*. Dentro de tu cabeza suceden *cosas raras*, también. Yo creo que la única *cosa rara* eres tú. Una caca rara.

—¿No intentarán hacer experimentos a expensas de nosotros? En la granja hay un laboratorio muy cerca de los establos. A veces sospecho de mi papá, ¿no has notado que usa el mismo bigote que Hitler?

—No mames, Tomás. ¿Y para eso quieres que vaya? ¿Para ser el experimento de tu pinche papá? Y tienes razón, el güey se parece a Hitler.

—Discúlpame, Willy, yo no confío en mi papá ni en nadie, pero él me ordenó que los llamara a todos.

Mi reproche, en realidad, escondía otros temores menos visibles a los ojos de un niño. Adentrarme en la intimidad de las casas de mis amigos me sobrecogía y me hacía sentirme un ser de poco valor. La decoración sobria, a comparación de la que había en mi casa, y poco ostentosa, calvinista diría yo, me intimidaba. ¿Qué tal si me equivocaba en el momento de tomar los cubiertos, o mis comentarios burdos y mi acento incubado en la colonia Portales ponían de manifiesto el barrio bajo del que yo provenía? ¿Y si se les ocurría charlar acerca de sus frecuentes viajes a Estados Unidos y cobijados por algún silencio repentino me preguntaban de pronto si mi familia había viajado fuera de México? Carajo, mi familia no había hecho un maldito viaje al extranjero. ¿Qué sentido tenía ser descendiente de italianos si mi madre no había puesto un pie fuera de este asqueroso país? En Villa Cuemanco, Europa representaba una especie de entelequia, una noticia extravagante y lejana a nuestro entorno. Conocer el mundo e ir al extranjero se reducía a viajar a Estados Unidos. Un temor ordinario, el mío, digno de la calderilla de donde provenía mi educación y mi primera vida.

Fuera de sus nidos y en la calle los amigos parecíamos un poco más iguales, sabandijas de la misma calada; allí los golpes contenían en sí un valor indudable, el ingenio, la habilidad física, la fuerza con que emergían al aire los chorros de orín. ¿Y si, además, alguien de su familia notaba

que la mamá de Tomás me gustaba? Ella era menuda, baji-
ta de estatura, y sus caireles castaños cambiaban de color si
los tocaba una pizca de sol. Yo suspiraba cuando la observaba pasar frente a mi casa, conduciendo su Ford Maverick
GT y agitando su mano al momento de saludarme "¡Hola,
Willy!", cuando me divisaba de pie en el jardín de mi casa,
o sentado en el camellón: un ensueño, la mamá de Tomás,
moderna, hermosa, motorizada. Mi madre, por el contrario, no conducía un automóvil, no sabía, y los esfuerzos de
su marido no bastaban para hacerla entrar en razón. Las clases que él le costeaba en la Escuela Continental, la academia
de manejo más famosa de México, para que aprendiera a
controlar el Renault, resultaron un fracaso porque al segundo día de clase mi mamá abofeteó al instructor, lo incre-
pó y se bajó del auto insignia de la Escuela Continental.
"Primero aprenda modales, estúpido." Mas qué me importan los arrebatos de mi madre y su negativa a volverse una
conductora experta si la madre de Tomás llevaba las rien-
das del Maverick de forma sublime, a-va-sa-lla-do-ra. La
madre de Ramón García conducía, por su parte, una Pea-
cer amarillenta y la de Herman una camioneta Rambler;
y la mamá de Gerardo Balderas dominaba su viejo Datsun
azul turquesa. El gelatinomóvil, lo llamábamos, a espaldas
de Gerardo, porque alguien había apodado a su madre la
Gelatina, a raíz del continuo y desordenado temblor de sus
carnes.

—No, no puedo ir. Mi papá me obligó a podar el jardín
—respondí, finalmente, a la oferta que me hacía Tomás de
pasar el domingo con su familia.

—Podemos pasar por ti en media hora —insistió, des-
ganado.

—No, no puedo. Dile a Gerardo, él siempre está huevoneando los domingos. Y no tiene padre como yo que lo esté jodiendo.

—Ya le dije, pero la *Gela* lo puso a estudiar y no lo deja salir. ¿Sabes lo que me dijo la *Gela* cuando le pregunté por Gerardo?: "Está atacando los libros".

—¿Atacando los libros? No mames, ¿eso dijo?

—Sí, es chistosa.

—Pues yo voy a atacar el jardín con la podadora, Tomás; gracias por invitarme, de todos modos. Dile a Hitler que no va a hacer experimentos con nosotros, que chingue su madre.

—No puedo aguantarme las ganas, si no te cuento ahora lo que está pasando por mi cabeza no lo haré nunca. Voy a tu casa y me regreso en chinga.

—Está bien, aquí te espero.

La visita repentina de Tomás me obligó a salir al jardín a tomar la podadora y fingir que cortaba el pasto. Me calcé unos guantes de cuero y también mis botas de plástico. Elegía disfrazarme y ser un embustero en vez de aceptar la invitación a visitar la granja en Xochimilco. Tomás llegó de inmediato: su velocidad anunciaba alguna noticia fuera de serie y me pidió que me acercara al camellón, a un lado de los colorines, lejos de los oídos de mi madre, y hasta allá fui. Cruzamos la calle mientras él hurgaba de reojo a nuestras espaldas, como si temiera ser descubierto por algún vigilante o espía de mi propia familia. ¿Qué carajos sucedía con Tomás en aquella mañana de domingo? Sus pantalones de pana lucían bastante holgados y su camiseta Chemise Lacoste, en cambio, se embarraba muy justa a su piel.

—No tomes muy en serio lo que te voy a decir, es… sí, tómalo en serio, muy en serio, pero no… ¿comprendes?

Te dije que algunas cosas raras han estado pasando por mi cabeza. Y al mismo tiempo no tengo miedo. Es sólo una idea, quería contárselas al *Tetas*, hoy, pero no pude porque está atacando los libros, y tengo que soltarlo ya. Soltar lo que me chinga la cabeza. Es malo, y pueden meterme en un internado si se entera cualquier adulto… pero yo confío en ti, y en Gerardo… ¿Te acuerdas que me expulsaron del Simón Bolívar por orinar la silla de la profesora? No sé por qué lo hice, sentía bonito, se me antojó, el salón estaba vacío y su asiento estaba todavía cálido… pero lo que quiero confesarte es muy diferente.

—Viene ya, güey. Suelta la sopa; ¿qué tienes en la cabeza además de tus jodidos pelos entomatados?

—Desde hace tiempo he pensado, lo digo en serio, como soldado, he pensado en matar a mis jefes.

Ésa fue la célebre confesión de Tomás y el gesto de asombro característico de su rostro se acentuó enorme. Me miró. No como si fuera yo su supuesto amigo, sino como se ve al precipicio ante nuestros pies la aparición de una desagradable quimera venida de la última nada. Como si mirara sus propias palabras, una a una, transcurrir desde su boca y abriera los ojos cada vez más grandes porque cada sílaba resultaba todavía más idiota y monstruosa. Yo lo observé, detenidamente, y acepté que no conocía su humor, su vida familiar, ni nada concerniente a la personalidad de mi amigo. Qué extraño me resultaba en esa mañana de domingo. ¿Es posible que los domingos las personas se revelen tal como son? Estoy seguro de ello.

—Puta madre, Tomás, diste toda la vuelta —su casa daba cara al Periférico y estaba junto a la casa de Balderas y a la de Ramón García—, caminaste hasta acá sólo para tirarme encima esta sarta de pendejadas.

—No… sí… tenía que decírtelo, ¿tú no tienes ganas de deshacerte de tus jefes? Yo creo que el *Tetas* sí, de la *Gela*, no he hablado con él… pero lo sé, güey, y no cuentes esto a nadie, lo hablamos después con Herman. También Sandra ha pensado en lo mismo, me lo dijo: quiere chingarse a su papá, aniquilarlo. ¿No te parece raro que todos vivamos en la misma cuadra? No es coincidencia, güey. Creo que tenemos una misión, no sé cómo explicarlo.

¿Aniquilarlo?, Tomás continuaba expurgando palabrejas de quién sabe dónde. Mi hermana, Norma, también se veía afectada por una manía similar. ¿Qué clase de profesores los educaban en el Instituto Inglés Mexicano? ¿Psicópatas infiltrados en las aulas de las zanahorias tiernas? ¿Locos vomitadores de palabras?

—Olvídate de Sandra, no sabe lo que dice. Ve a la granja, pinche Tomás, corre en campo libre, cógete una vaca, deja de pensar en estupideces. ¿Te pegaron o qué? ¿Tus papás te han golpeado?

—Me tengo que ir… esto es nada más entre nosotros… por ahora.

Y se marchó. Sus caireles flotaban en el espeso ambiente que las nubes habían traído consigo. Me dejó allí, imitando yo su misma cara de asombro, disfrazado de jardinero e inmóvil como un espantapájaros a quien no le inmuta nada, ni los cuervos, ni la lluvia, el sol, los roedores o los fantasmas que viven en los árboles. No estaba siquiera cerca de imaginar lo fidedignas y graves que resultarían más adelante aquellas bravatas. Yo provenía de otro barrio; era un católico humilde, emotivo, no un calvinista asesino, pendejo y sobrio.

Capítulo 6

La confesión que me hiciera Tomás acerca de sus impulsos parricidas no contenía una pizca de novedad. Ya había escuchado antes rumores y vagas declaraciones al respecto. Las noticias no son noticias acerca de nuevos acontecimientos, son rumores y gemidos que nacen entre el viento y la sangre, y se esparcen. ¿Noticias? ¿Por qué no me sorprendía tanto como debiera sorprenderme? Semanas antes del exabrupto de Tomás, Sandra Cisneros me había confiado, meses antes, ella de pie y frente al portón de su casa: "Voy a acuchillar a mi papá". Y cuando ella se expresaba a través de su sonrisa ambigua y sus ojos planos y tranquilos, aceitunados, el alarde o la especulación terminaba. En Sandra toda expresión significaba algo real y posible: un hecho verdadero. La Mona Lisa había hablado exclusivamente para mí y, sin embargo, sus palabras no me resultaban en absoluto comprensibles. A ella no podía yo reprenderla, como solía hacerlo en el caso de Tomás, porque, torpe e inexperto, no encontraba la forma adecuada de enfrentarme a su sarcasmo y mundanidad; y porque, además, a Sandra no le interesaba escuchar ninguna clase de respuestas o comentario a su sentencia: "Voy a acuchillar a mi papá".

La casa más grande y espaciosa de la colonia, perteneciente a la familia Cisneros, se podía reconocer por sus tejas de cerámica verde en los aleros y su jardín posterior amplio, bien cuidado, y en cuyo suelo se erguían dos cipreses espigados que yo podía contemplar también desde el jardín trasero de mi casa. Aquella sí que representaba, a mis ojos, una casona de ricos, una mansión tal como yo había visto en el cine o en las revistas que leía en la peluquería, mientras aguardaba el turno de ser trasquilado. Sandra nos consideraba basura divertida, porquería humana agradable, a nosotros, el clan de amigos adolescentes que ya habían crecido lo suficiente como para retroceder y ser considerados todavía más niños: larvas, gárrulos chorreando leche por las comisuras de los labios. Entre más crecíamos y nuestros huesos se alargaban, más empequeñecíamos a los ojos de Sandra. Ella nos contemplaba con cierta displicencia, como si curioseara en la panadería y eligiera una pieza, cualquiera, de manera distraída, o por pura tradición y aburrimiento, o porque era presa de un apetito momentáneo y tomara con sus manos una pieza de pan, la que fuera, un cuerno o una concha azucarada. Su padre ejercía un alto cargo de funcionario de Estado, un influyente y hombre corpulento, ancho de hombros, barrigón y moreno, que no solía hacer vida social con sus vecinos a los que seguramente despreciaba debido a que él se consideraba un político y funcionario socialista. Este hombre, opulento e indiscreto, mamón, envuelto por una macilenta placenta de superioridad, administraba el crédito federal destinado a financiar proyectos de empresarios humildes. Yo, en aquel entonces, no tenía idea de tal contradicción, y en mi opinión el hombre aquel cumplía solamente una función exclusiva y preponderante: ser el padre de una hija que lo quería asesinar.

Sandra acababa de cumplir quince años, quince, sin tomar en cuenta los nueve meses que estuvo embutida en el vientre, ni los años que ocupó, antes de nacer, en la imaginación de su madre. No obstante tal juventud, su educación se hallaba más que completa: a ella le sobraba educación, no necesitaba más razones o enciclopedias en su camino. La información suficiente para sobrevivir la obtenía de un laboratorio particular y exclusivo que llevaba por nombre Villa Cuemanco. Su madre era una cantante alcohólica que, en ocasiones, gritaba y gruñía durante las madrugadas, cuando volvía de cantar en un cabaret prestigioso, y reñía con su marido. Si subía yo a la azotea de mi casa podía ver los bofetones que le propinaba el alto funcionario del PRI a su esposa: la actriz aficionada a los vestidos largos y escamados con lentejuela, como el dedo de un guante de seda, gigante y parsimonioso. Sentada en una silla en el jardín, ebria, lloraba amargamente, lamentándose de haberse casado con un "gusano negro, apestoso, naco y estúpido". De súbito el llanto cesaba y ella entonaba canciones de Frank Sinatra, Olga Guillot o boleros de toda especie, allí en el jardín, y los cipreses parecían cimbrarse y temblar cuando la voz sonaba más triste y fuerte. Ocasionalmente se desnudaba y salía al jardín, y su cuerpo blanco, muy blanco irradiaba luz, como ráfaga de nieve. "¡Ahora ya no parezco puta! ¿Verdad? Mírame, pendejo —le espetaba la diva airada a su marido—, estoy encuerada, nada más, encuerada, y ahora sí soy una puta decente!"

La mayoría de los vecinos paraba la oreja y reprobaba el sainete nocturno; en Villa Cuemanco los gritos de cualquier clase se reprobaban, vinieran de quien vinieran; los

gritos se consideraban porquería escatológica y una patada a la buena educación. Mi padre en cambio, y sorpresi-
vamente, parecía más comprensivo hacia aquella adolorida
y compungida Gloria Swanson. Yo creo que él también la
espiaba, el cabrón, como lo hacía yo postrado en la azotea,
pero él desde su recámara que daba la cara hacia el jardín
de la decadente y hermosa actriz. Mirones: padre e hijo. Yo
en la azotea, mi padre recargado en el quicio de su ventana, oteando, auscultando a la vecina. Un tragaluz, un pal-
co desde el cual observar al *Perico*, a la madre de Sandra, al
asesino, a la madre de Tomás; en eso se había transformado la colonia, un tragaluz que nos permitía a todos mirar y
callar. Y esperar.

En el semblante de Sandra Cisneros se anidaba una luz
negra y clarividente que nosotros no lográbamos, a nuestra
edad, reconocer. Era ella un ser vivo intrigante que elegía
a cualquiera de nuestro grupo para entrometerlo en su casa
bajo cualquier pretexto absurdo... y utilizarlo. He aquí la
palabra justa: "utilizarlo", como se utiliza un serrucho o un
martillo, una red o un paraguas. A Gonzalo lo desvirgó, al
igual que a su hermano Jesús, y a Garrido también. Orlando, mi hermano menor fue el primer marinero a bordo y
andaba por allí divulgando su experiencia: pacientemente
narraba los detalles a quien deseara escucharlo, menos a mí,
como si yo no me enterara de los pormenores de su vida
por boca de Garrido y el resto de mis amigos. Nadie entre
nosotros tenía posibilidad de esconderse. Encarnábamos los
panecillos que Sandra tomaba de los anaqueles en su exclusiva panadería: bolillos, teleras, orejas, conchas de azúcar,
donas glaseadas y pasteles.

El olor íntimo de Sandra, el aroma de su sudor y su
sexo, se entrelazaba al de su perfume Charlie, y ambos tufos

permanecían embarrados en la delgada piel de los niños. Bolillos olorosos a perfume Charlie. Yo me percataba de que Sandra había vuelto de clases y se encontraba dentro de su recámara porque la música sonaba estruendosa y los acetatos giraban en su tocadiscos de alta fidelidad. Es decir, además de la consola de sus padres, ella tenía un tocadiscos portátil en su recámara, sobre un buró y al lado de una lámpara de plástico. Y el tocadiscos portátil, novedad de la época, sonaba para nosotros, los bolillos y panes rellenos de azúcar y mocos. "I Love You Baby" cantada por Gloria Gaynor o Diana Ross; o "Just The Way You Are", de Barry White: *Don't go changing, to try and please me / you never let me down before / don't imagine you're too familiar / and I don't see you anymore.*

Cierto día el tímido Herman declaró el manifiesto siguiente durante una reunión del clan: "Me da muy mala espina esa vieja. No sé, creo que es medio satánica o algo así. Ándense con cuidado, güeyes".

—Lo que pasa es que a ti no te hace caso, ni te voltea a ver.

—Me vale madres que no me haga caso. A mí no me gusta, está muy tetona; si su papá se entera de lo que hacen con ella los va a mandar matar. Es muy poderoso, el mamón viejo. Mi papá dice que es director de Nafinsa.

—¿Qué mierda es eso de Nafinsa?

—No sé, pero es algo muy cercano al presidente.

—¿Al presidente? Está cabrón, entonces. Ya nos chingamos todos.

—A Sandra no le gustan los negros. —Resonaba la voz de Tomás. Y en su risa se anidaba la verdadera felicidad. Ninguna felicidad se comparaba a la de Tomás cuando le decía "negro" a Herman.

La piel caoba de Herman resultaba ser la más oscura entre nosotros. Garrido y Tomás, en cambio, tendían a ser los más güeros y flemáticos. El resto se conformaba con encarnar en adolescentes medio blancuzco, cubiertos de cabello negro y castaño, lacrados por una que otra singularidad mediocre.

—Prefiero ser negro a que me capen, como a ti. En vez de pito naciste con otro cairel —Herman repelía los ataques, raudo, a contracorriente de su usual mutismo.

—Cálmate, pinche Barry Black, ¿quién nos va a capar? ¿Tu mamá?

¿De dónde provenían estos comentarios racistas? De ningún espacio concreto, acaso de la escoria inmemorial que inunda el aire que los cachorros necesitan para colmar sus pulmones. Indios, nacos, indígenas, macuarros, ñeros, una tropa de epidemia racial amenazaba el búnker de estas alimañas con tenis en honor de las cuales sus padres organizaban ambiciosos planes en el futuro. Yo amaba a mis recientes amigos, quizás porque advertía que ellos habían estado esperando por mí, allí, en la interrupción o conclusión del periférico. Y cualquier acción que lleváramos juntos a cabo, había sido diseñada tornillo a tornillo por un destino del que ninguno de nosotros podría escapar. Mis hermanos, mis amigos, las alimañas y sabandijas que yo tanto quería.

—¿De verdad es tan poderoso, el papá de Sandra? —El semblante del fornido y perfumado Gonzalo se anunciaba, medroso. ¿Asustado de qué? De nada que él no hubiera imaginado aun antes de nacer. No habría remedio alguno capaz de ahuyentar sus temores inmemoriales. El más fuerte de entre todos nosotros mostraba así su debilidad. Su genealogía temblaba como un budín. Tanto músculo y espalda ancha para nada. Otro cobarde más. Su voz se adelgazaba frente a la amenaza latente que encarnaba el padre de Sandra.

—Yo lo vi, es barrigón y usa lentes; es tan negro como Herman, y más feo, es un zapote ciego; infunde terror el puto ruco, es macabro... —De tales características nos informaba Tomás, como si descubriera de repente aspectos de la humanidad que antes desconocía y cuya presencia lo volvían un sabio entre los sabios.

—No, estás loco, güey; yo también conozco al papá de Sandra y Herman es mucho más negro; negro y pendejo.

—Chinguen a su madre, yo nada más quise prevenirlos. Las tetas de Sandra no anuncian nada bueno.

Si alguna vez, en poco más de un lustro, escuché a Herman hilar más de dos frases continuas se trató, definitivamente, de una excepción. Cuando él hablaba ocultaba la mirada, ¿qué miraba? Me pregunto de nuevo. ¿Qué ven las personas cuando bajan la cabeza? El suelo no, ¿sus zapatos? Él usaba tenis Nike, los que a toda hora parecían recién comprados expresamente para combinar con el diseño y el color de su bicicleta Benotto. Gerardo Balderas prefería los Adidas negros, que pulía y cuidaba más que a su cabellera y peinado. Tomás calzaba tenis de tela que su padre le compraba en Estados Unidos, no recuerdo la marca porque ni siquiera podía yo pronunciarla correctamente. A Garrido, su hermano mayor, lo había convencido de que no había nada más sofisticado que calzar tenis Wilson. "Vivimos en una enorme cancha de tenis, no lo olvides", le decía, solemne y consejero, el hermano, franco admirador de Billie Jean King, la mujer que por aquel entonces había derrotado a un veterano jugador, Bobby Riggs, en la conocida Batalla de los Sexos, en el tenis; y fanático, el hermano de Garrido, sobre todas las cosas, del tenista rumano Ilie Nastase; ganador imbatible del torneo Roland Garros.

En cambio, los tenis Converse no parecían ser bien apreciados por ninguno de mis recientes amigos, los Converse podían calzarlos los aldeanos que habitaban en los multifamiliares de Villa Coapa, pero en Villa Cuemanco los tenis resultaban ser en realidad muy importantes y decidían quién se separaba más del suelo y podía volar en busca de aventuras y diversión y… mujeres. Los tenis valían tanto como unas alas de Mercurio, nuestros propulsores a chorro hacia el movimiento verdadero: la voluntad que trepa hasta las nubes y supera la velocidad de escape. El sólo hecho de recordar que yo guardaba unos viejos tenis Súper Faro en mi clóset me causaba agudos y retorcidos problemas morales. ¿Qué opinarían mis mejores amigos si se percataran de lo que yo guardaba en el clóset? Blancos, mis Súper Faro, baratos y duraderos: mi tesoro preciado cuando la familia vivió años en la Portales y que, incluso, llegué a presumir en las canchas de cemento en el patio de mi escuela primaria Pedro María Anaya.

—Es inofensivo, el puto viejo, yo lo tuve así de cerca, así. —Tomás extendió a medias su brazo flacucho—. Y no me hizo nada.

—¿Dónde lo viste? —preguntó Gonzalo. Él no conocía la historia vivida una semana atrás por Tomás y el larguirucho Ale Garrido. Se había perdido una epopeya más en la breve y minúscula historia de nuestra percudida especie.

—Fue la semana pasada, y casi capturan al *Garras* con las manos en la masa.

—¿Capturan? ¿La policía? ¿Qué fue lo que sucedió? Nadie me había contado nada sobre algo así; estoy rodeado de pura pinche mosca muerta.

Tendríamos que escuchar la historia una maldita vez más. El mito que se teje a contracorriente y que incluso hace bostezar a poblaciones enteras y desinteresadas. ¿Quién de nosotros le relataría el ya famoso cuento a Gonzalo? Ni siquiera el mismísimo Garrido, protagonista del suceso, guardaba intenciones de hacerlo. Los jóvenes recién llegados al establo del mundo estábamos aburridos de narrar y rumiar tantas y tantas veces el pasado inmediato y lo que deseábamos realmente era enfrentarnos a nuevas hazañas y a retos imprevistos apenas el sol asomaba la cara cada mañana. La vanguardia no mira hacia atrás, es como la proa de un barco quieto y hundido en el fondo del mar que continúa escarbando, manteniendo el rumbo, inmóvil y fosilizado. Tomás, ¿quién más?, se ofreció, finalmente, y realizó el resumen que corroboró Garrido, allí presente, asintiendo al mover la cabeza, como si se tratara del héroe mudo que escucha las loas a sus andanzas, homenaje que le rinde un pueblo entregado y a sus pies. La historia, tal y como es de suponerse, consistía en la misma aguada y fría sopa de pasta adolescente que se come en todas las regiones del mundo entero, en Polonia, en Perú o en el último piso del rascacielos más alto del mundo. Sopa, sopa, y más sopa. ¿Quién es capaz de trascender este universal plato de sopa? El relato poseía algo de sentido, sólo porque nos sucedía a nosotros: sentido y verdad extraordinarios. He aquí una versión del patético relato:

Si miras a dos párvulos, entre niños y adolescentes, de pie en una acera, solemnes, casi asustados, te despiertan ternura o indiferencia. No parecen ser terroristas armados de explosivos, ni asaltantes o vendedores de droga callejeros. Y lo más probable es que uno piense que Alejandro Garrido y Tomás Gómez se encuentran esperando la llegada de sus padres para marchar juntos a la iglesia o a una reunión familiar. Lo que estos jovencitos hacían en realidad era visitar a su amiga Sandra, pues uno de ellos, Garrido, sospechaba que la adolescente tenía serias intenciones de ponerlo a prueba e incluirlo en la célebre bolsa del pan. Garrido sería iniciado como el nuevo y crujiente bolillo. Ambos amigos, Tomás y Garrido, se encontraban frente a la casa de Sandra Cisneros hacia las seis de la tarde, y un viento mesurado llevaba a sus narices el olor a hoja amarga y a corteza podrida de los árboles arraigados a un costado de los canales circundantes. A tal hora, ningún adulto se encontraba en la casa visitada, y la hermana menor de Sandra hacía un campamento escolar en Tequesquitengo, lugar de recreo preferido por las clases sociales prósperas del Distrito Federal. Tequesquitengo, Cocoyoc, Cuernavaca: allá iba a solazarse la clase media y alta del Distrito Federal. Sandra abrió la puerta de caoba y picaporte dorado y, como si aguardara aquella visita desde los tiempos bíblicos, los invitó a entrar. Una vez sus amigos instalados ella apuntó, distraídamente: "Mi padre amenaza con venir temprano hoy. Los pongo sobre aviso para que después no se asusten si lo ven entrar. No hace nada. No muerde; tiene malos dientes". Los ojos de Garrido, una vez más, se inflamaron aterrados y tomaron el tamaño de un par de huevos de pavorreal (¿qué otra figura literaria podría cargar a la espalda con esas bolas inflamadas?); sin embargo, su excitación no le permitiría renunciar a su primera experiencia sexual. El CUM, su *alma mater*, respaldaba su temeridad y le otorgaba una fuerza casi alemana y demoledora: un Panzer, el jodido Garrido. Él y Herman estudiaban la secundaria en el CUM y se consideraban tan veloces, ágiles y fuertes como el mismo símbolo de la institución: el Gamo. Veneraban a su escuela. Y yo no entendía por qué. ¿Por qué se venera una escuela? ¿Por qué puta madre se venera a una escuela? ¿A un edificio? Si no es más que un membrete que se le ocurrió a un grupo de degenerados para bautizar sus alucinaciones y visiones, las cuales luego otros asumieron como suyas. ¿La escuela? Muros, patios, excusados, ideas muertas y obligaciones... sobre todo y esencialmente *obligaciones*.

El condón que Garrido guardaba en el bolsillo de su pantalón tendría que ser utilizado, aunque para ello debiera atravesar las tinieblas varias veces hasta encontrar finalmente la luz anhelada. Él no se amedrentó ante la probable llegada del importante funcionario. Por el contrario, infló el pecho y susurró al oído de su camarada Tomás:

"Quédate afuera, güey, y cuando llegue el pinche papá chiflas fuerte en dirección a casa de Herman, para que el viejo no se dé cuenta de que estoy aquí. Cuando escuche el chiflido me voy en chinga de aquí. ¿Entendiste?" El silbido marcial, nuestro distintivo de guerra, el sonido de la manada, el canto de los mandriles, lo que sea, sonaba así: fi-fi fi-fi fi-fi-fiiu. Lo habíamos patentado y grabado en nuestras mentes ávidas de contraseñas. Y nadie que no fuera uno de nosotros podía esgrimirlo como suyo sin sufrir, al menos, una pedrada en la cabeza.

—¡Mierda! ¡Pitos! ¡Ya sé! ¡El cabrón viejo estaba dentro de la casa! —Gonzalo interrumpió la historia narrada por Tomás, impaciente, él quería escuchar el fin de esta historia y no disimulaba su desagradable curiosidad. La acostumbrada formalidad de sus modales se había ido directo a la coladera: las buenas y bellas formas se habían transformado en un informe e infecto charco de orines. ¡Él quería saber! ¿Y quién que quiere saber no se tropieza? La curiosidad y el miedo quebrantaban el recato y apostura de Gonzalo, como ya he dicho.

Es verdad, no podíamos considerar a Tomás un habilidoso contador de historias pero le estaba haciendo a Gonzalo el favor de contar la podrida anécdota una vez más.

—El ruco no estaba dentro de la casa —se precipitó a aclarar Tomás—, sino que llegó de repente, ¡en un Volkswagen verde! ¿No que muy chingón? Mi papá tiene tres carros. Y está a punto de comprarse un Charger, ¿eh, cabrones? Cuando quieran los paseamos dentro de la cajuela, allí es donde deben estar ustedes.

—Porque tu papá es un naco —apuntó Herman, tomando revancha, vengándose de que Tomás lo hubiera llamado "negro" una vez más—. Los verdaderos chingones no andan exhibiéndose. No son faroles.

Cuando el padre de Sandra llegó a las puertas de su casa, Tomás, en vez de silbar ¡fi-fi fi-fi fi-fi-fiiiu!, y así cumplir su papel de vigía, comenzó a correr. Aterrado de miedo en dirección al final del periférico: allí donde todo comenzaba y terminaba una vez más, allí, en el eterno retorno. El importante funcionario descendió del auto y dio algunos pasos, como si dudara lanzarse a la persecución del pequeño Tomás, pero luego de diez metros se detuvo en seco. Era un niño de escasos doce años, en tenis y el cabello cubierto por una cachucha. ¿Quién invertiría tiempo persiguiendo a un moco como aquel? En el momento de la repentina huida de Tomás, Ale Garrido, despavorido y alarmado por el ruido del motor, se descolgó de la ventana de la recámara de Sandra, la cual daba al periférico, y aterrizó en el suelo a un lado del modesto Volkswagen verde.

—¡No puede ser! ¡Qué pendejos estos dos güeyes! —Gritó Gonzalo, quien no se imaginaba conclusión semejante en el relato que le hacía Tomás de los sucesos recién ocurridos. ¿Qué carajos esperaba el palurdo?

—Yo, la verdad, creí que el viejo ya había entrado a su casa y estaba apenas en la sala o el recibidor. —Se defendió, Garrido, de la acusación que le hacíamos sus compañeros de ser un idiota. Y lo era. ¿Qué tribunal lo habría excluido de ser un idiota? El más idiota de los tribunales idiotas lo habría considerado también un idiota, es decir, uno de ellos.

—Son ustedes unos verdaderos animales, pinche *Garras*, reconócelo —agregó Gonzalo, ladeando la cabeza como si su cuello hubiera perdido para entonces un par de resortes.

Al darse cuenta de que había caído en la acera a sólo unos pasos del funcionario, plenipotenciario financiero y admirador de todos los pobres y miserables del país, Garrido se lanzó a correr en dirección a la liga Mexica, saltando la verja que dividía ambos sentidos del periférico. Su propia cabellera corría tras de él. Trotó como un gamo y ni en su época juvenil el obeso padre de Sandra le habría logrado dar alcance. Por el contrario, el hombre, abatido por la sorpresa, entró de prisa a su casa con la finalidad de cerciorarse de que su hija se hallara a salvo, y una vez que lo hizo llamó por teléfono a la policía y también a su escolta personal.

—¡Vi salir a un tipo de aquí dentro! ¡Escapó por la ventana! ¿Te has dado cuenta de eso? ¿Estás bien, pequeña? —preguntó el alto funcionario a su hija. Ella no podía mostrarse más tranquila y satisfecha. La iracundia y miedo de un padre lo ridiculizaba y exponía a la burla de la hija. No se podía exigir una mayor y más rotunda alegría para un vástago: mofarse del padre.

—Yo me estoy bañando, papá, ¿cuál *tipo*? Estás obsesionado. Nadie quiere matarte. El país entero te ama. A ti y al presidente.

Bajo la regadera, dentro de su baño tapiado de mosaicos rosas y azul cielo, Sandra reía, en silencio y mojigata, al escuchar que su padre le llamaba "tipo" a aquel flaco adolescente que una ráfaga de viento podría depositar en la cima de un árbol.

—¡Había un ladrón dentro de casa, maldita sea! ¡He llamado a mi escolta! No tengas miedo. Ya estoy aquí, mi querida niña. ¿Dónde chingados está tu madre? ¿Y las sirvientas? Dos putas sirvientas y no veo a ninguna aquí.

El padre de Sandra había perdido en verdad la compostura. Y me pregunto si habrá existido alguna época en el mundo en que a alguien no le causara sorpresa el hecho de encontrarse con un extraño dentro de su propiedad.

—Mi mamá no ha llegado desde anoche. Es una artista y puede tomar el rumbo que se le antoje. ¿O no, papi? Creo que está en Acapulco.

—Sí, puede hacerlo, como tú o yo, pero en este momento no hablaremos del tema —sentenció el padre.

Ale Garrido no tuvo que esforzarse en correr más allá de los cien metros, y cuando se percató de que nadie seguía sus pasos fue a buscarme a mi casa. A fin de cuentas, yo tenía más experiencia que él y podría aconsejarlo. ¿Experiencia en qué? Me narró, su boca tropezando y la mandíbula floja, los sucesos recientes, y me pidió comunicarme con Sandra y hacerle saber que había dejado un condón colgando de la chimenea del estudio de su padre. El condón insuflado de su semen de porquería.

—¿Por qué en la chimenea? ¿Por qué lo dejaron allí? ¿Lo querían quemar? —preguntó, ávido, el *Negro*.

—No sé… nos pareció gracioso verlo allí, junto a la fotografía del presidente y de otros monigotes, viejos y muy serios, como si los hubieran embalsamado. Y la chimenea estaba apagada, no seas tarado. ¿Quién prende una chimenea en esta época, pendejo? Hasta los ratones andan en traje de baño. ¿Por qué haces preguntas tan estúpidas?

—La chimenea es la misma Sandra. Podría jurar que lanzaba humo por todas las células de su cuerpo… humo blanco, como el que sale de la chimenea del Vaticano cuando eligen a un nuevo Papa.

—Estás inventando, ¿el pinche Papa lanza humo? ¿Qué dices, güey?

—El domingo vino a comer mi tía a casa, que es muy católica, y contó historias…

—¿El Vaticano es una casa o es una ciudad?

—Es una iglesia…

—Todo ha sido muy bien planeado por ella —cavilé yo en voz alta—. Sandra quería que su padre encontrara el condón justo allí, en la chimenea. ¿No es obvio? ¿Para qué te citó a esa hora? Ella quería que la descubrieran y que a ti te mataran. ¿O no? Es un símbolo, coger junto a la fotografía del presidente y del padre. ¿Qué significa eso? Piensen, animales, es un pinche símbolo.

Tales eran mis conclusiones, el racionalista, el avieso sabueso y especulador. Eso me consideraba yo. Además, estaba al tanto de que Sandra y Tomás tramaban el crimen de sus padres. Yo almacenaba kilogramos de información privilegiada. Los planes asesinos manaban como un salpullido en mi piel y en mi espalda y en el dorso de mi porvenir.

—No mames, ¿había una fotografía allí donde ustedes…?

—Sí, de Luis Echeverría.

—¿Cómo se puede coger junto a ese retrato?

—Les digo que es un símbolo, piensen…

Aquel suceso había ameritado una reunión urgente y allí, ante todos, había yo insistido en mi conclusión. "Lo he meditado profundamente, Sandra los utilizó con la única finalidad de joder a su padre." Mis amigos asintieron, medio dubitativos, a mis palabras. De alguna forma yo representaba a la maliciosa CIA, cuyas oficinas y centro neurálgico seguramente se escondía en la Portales o en cualquier otra colonia habitada por menesterosos. En aquel momento nos hallábamos congregados en la intersección de las calles Perales y Hacienda de Mazatepec, esquina desde la que dominábamos horizontes diversos: el llano, el periférico y a cualquier carro que transitara dentro de nuestro territorio. Vigilantes natos.

—Yo presiento algo de satánica y bruja en esa vieja —insistió por su parte Herman, y se tocaba la nuca y después el pecho—. Me hace recordar a Linda Blair. El demonio no la eligió al azar.

—Ya, bájale, güey.

—Su padre no va a olvidar lo que ha pasado. Hace una hora, apenas, vi a dos detectives rondar por toda la cuadra. ¿Quién creen que los envía? ¡El ruco! Es obvio.

—Son cobradores de alguna mensualidad, no detectives. Sandra me contó que su familia compró una casa en Puerto Vallarta y todavía no terminan de pagarla.

—¿Se disfrazan?, güey; son detectives y al Garrido se lo va a cargar muy pronto la chingada.

—Te van a mandar matar. Ya te jodiste, *Garras*. En ese condón que olvidaste en la chimenea ya sólo quedan niños huérfanos. Yo los oigo llorar.

—¿Los oyes llorar?, no mames.

—Los oigo llorar y me da risa.

—No, yo soy inmortal, ¡un gamo inmortal, culeros! En la tarde del mismo día me corté el cabello en la peluquería de El Centro Mercantil y después fuimos a casa de Sandra y preguntamos si era verdad que unos ladrones habían entrado a su casa. El *Tetas* me acompañó. "Todos estamos muy preocupados", observó el *Tetas*. Pinche *Tetas*, hipócrita: ¡eres grande, *Tetas*! ¡Un superactor! Los tíos de Sandra nos abrieron la puerta, yo creo que los putos esos eran los guaruras del pinche viejo, muy feos, como changos rasurados, y nos dijeron que ya todo estaba bajo control, que gracias, que en nombre del señor nos daban las gracias. A mí ni siquiera me voltearon a ver.

Garrido culminó en este punto la historia, mil veces escuchada por nuestros agotados oídos.

—¿El señor? ¿En nombre de Dios, *nuestro señor*? —pregunté yo. Tan estúpida frase despertaba la burla.

—No, mames; lo que quiero decir es que en nombre del puto ruco los tíos nos agradecían la visita y la preocupación. Estuvieron a punto de invitarnos a tomar el té.

—Pinche *Garras*, tu suerte es la de un personaje de novela —exclamó Gonzalo, más reflexivo, ya repuesto del asombro y retornando a su acostumbrada formalidad. De entre todos nosotros él era el único que usaba reloj. Dormía con el reloj atado en su muñeca. De allí su impaciencia por tener noticias nuevas a cada minuto que transcurría.

—No fue suerte, la suerte no tiene piernas; escapé y corrí como un gamo, por eso me salvé —Garrido mostró entonces una euforia inusitada. Y exclamó—: ¡Chiquibum, chiquibum, chiquibum, arriba los gamos del CUM!

Capítulo 7

A los amigos que dábamos vida y forma a aquella incipiente metástasis *barriomediera* nos emocionaba tratarnos a empujones de cuerpo y a mordidas inofensivas, como los cachorros carentes de colmillos que nacen en todos los barrios sarnosos u opulentos del mundo. Nuestros dientes más dañinos y afilados apenas comenzaban a moldearse: la tercera generación de dientes, la invisible, era la más peligrosa y mortal y empezaba a tomar forma y sustancia. Hacer escarnio de alguno de nosotros, en caso de presentarse la oportunidad, era una digna obligación; teníamos la responsabilidad de herir a los otros: lesiones leves; zaherir, incomodar y ofender. No con el propósito de lastimar el alma o la carne, sino llevados por el afán de despertar reacciones y gestos en el rostro del otro, furias repentinas e incontrolables, actos defensivos e inútiles.

A ver, ¿qué carajos sucede si al idiota le llamamos *idiota*? Escarbar en la tierra con tal de ver si salía la araña o el gusano baboso, nada más: a esa edad no se busca nada específicamente, uno contempla el efecto de sus impulsos y los sufre. Invitados al devenir de la voluntad sin causas. Y, sin embargo, las mofas no se hacían del todo frontales y se disfrutaban más cuando se llevaban a cabo a espaldas de la víctima: la cobardía se acompañaba de cierta recatada educación. ¿Y no son la misma cosa cobardía y educación? En fin, las pulgas brincan en una sola dirección y con un propósito determinado: brincar. ¿O hay una pulga que se arrastre? Yo no he visto a ninguna.

La escoria de mis amigos se mofaba de mí a mis espaldas porque, en un acto de repentina y escabrosa elegancia, mi padre, el contador privado de una editorial y antiguo chofer de trolebuses, había tomado la decisión de alfombrar casi completamente el interior de nuestro más reciente hogar. Incluso en los escalones y en los baños la carpeta roja, o de tono dorado, cubría lo que antes era piedra pulida, cemento o mármol. Una piel pretenciosa e innecesaria, según yo: una piel expuesta a nuevas enfermedades e infecciones.

—¿Y para qué tanta alfombra, papá? —yo inquiría.

—Es elegante.

—En un mes olerá a podrido —seguía inquiriendo.

—Podrida tienes la maldita cabeza. Una alfombra bien cuidada puede durar toda una vida —enfatizaba él. ¡Toda una vida! Sentí que el contenido de un caldero de vómito hirviendo caía sobre de mí.

—¿Y en la época de lluvias dónde quedará el lodo? En la alfombra.

—Si enlodan la alfombra les corto los pies. Ya verán.

Únicamente la cocina y el cuarto de sirvientes —una modesta recámara ubicada en el jardín trasero de la casa—, se salvaron de ser tapiados y asfixiados por la extensa moqueta. ¿A qué clase de belleza aspiraba mi pobre padre? El jeque árabe que erige al fin su mezquita particular y se rinde culto a sí mismo. Por el contrario, en los hogares de mis amigos la decoración se hallaba exenta de artilugios barrocos, cristales cortados o lámparas bruñidas. Y su estética, casi protestante, te permitía respirar y suspirar y pensar; el papel tapiz en las paredes de las vecinas residencias lucía tan discreto, elegante y contenido comparado al nuestro.

Cubrir a mansalva muros y piso con papeles estampados y trapos de color significaba, en el caso de mi familia, una costumbre inédita, anormal y, en lo personal, perturbadora: yo no lograba estudiar y concentrarme en los libros, y una multitud de pequeñas ranas y sapos copulaban en el desván de mi mente. Una rana saltaba encima de otra y cerraba los ojos, y se aferraba a las axilas de la rana hembra. Ambas se retorcían. Y los huevos brotaban del agua y los números se extraviaban en su extraño mundo imaginario. A ello se sumaba la superficie granulada del techo y el estampado de las cortinas gruesas y satinadas. Resultaba imposible meditar y reflexionar allí, dentro de mi propia casa; en el seno del progreso el aire se tornaba irrespirable y el paisaje abigarrado. Yo prefería salir de nuestra elegante mansión árabe y tirarme de una pieza en el jardín, o en el camellón de la calle. Y allí, sumido en una inventada y ridícula melancolía, me ponía a recordar mi breve, ascético pasado, tan libre de alfombras y tapices.

Si exagero no es culpa mía, eso pueden darlo por sentado: la exageración, en este caso, no tiene grandes posibilidades de sobrevivir. ¿Hay alguien todavía capaz de inventar? Nadie. Las ranas no inventan los huevos que lanzan en paquete sobre el agua. Nada ni nadie inventa. Y mucho menos yo. Cuando, mirando el televisor, clavaba mis ojos en la alfombra escarlata que cubría la estancia, venían a mi mente acontecimientos ridículos como la entrega del Oscar o el concurso de Miss Universo, o la boda de mi tío en un salón en cuya pista las madrinas nupciales bailaban música a gogó; dentro de mi cabeza tomaba forma también un charco de hemoglobina escarlata y espesa. ¡Qué suplicio y qué horror nauseabundo!

Tal y como era de esperarse la decisión de alfombrarlo todo, absolutamente todo, estuvo ligada a la compra de una aspiradora industrial de la famosa marca Koblenz. Una calamidad va unida estrechamente a otra calamidad, encubierta ésta como remedio: moquetas y aspiradora; polvo y asepsia. Un cacharro cilíndrico metálico movido sobre ruedas de goma pequeñas. ¡La salud pública! ¡Una aspiradora Koblenz! ¿Cuántos universos enteros de partículas autónomas se tragaba la aspiradora industrial? Sociedades de hormigas, polvo, pelos, piojos y partículas elementales. La aspiradora se utilizaba, al igual que la podadora de césped, como un instrumento de castigo medieval. Cualquier desacato a las reglas por parte nuestra y, en seguida, los hijos nos veíamos condenados a encender la Koblenz y a absorber los micro universos de parásitos que infectaban las alfombras, pequeños seres aún más grotescos que el ser humano. Pregúntenle al polvo y a nuestra espalda. He allí el progreso y a sus esclavos aspiradores.

Yo no cultivaba deseos de asesinar a mi padre pero su adicción a alfombrar los pisos habría sido un motivo suficiente para hacerme el distraído si lo colgaban de un árbol. Colgar. Ya desde entonces la idea de muerte se relacionaba en mi cabeza con el verbo *colgar*. Morir sin tocar el piso y por el mero efecto de la gravedad. La tierra llama y exige tu cuerpo, el cual es incapaz de descender porque pende armonioso de una cuerda. La tierra llama inútilmente hasta que te deja totalmente sin vida. Carajo.

Una noticia trágica amedrentó por entonces a los habitantes del residencial Villa Cuemanco. La muerte accidental de la *Pirrus*, hermana menor de Ramón García, el único entre nosotros que pensaba en dirección benévola y utilizaba sus neuronas correctamente, siguiendo la luz, el buen paso, la sosegada marea que desemboca en la playa y trae de regreso a las embarcaciones sanas y salvas. Los adolescentes celebrábamos cualquier evento trágico que abriera una grieta en el tiempo, como si ésta fuera una bendición no solicitada. Las familias de mis padres se hallaban colmadas de ancianos desteñidos y, por lo tanto, los funerales se propagaban a manos llenas. La muerte era condimento esencial de lo *nuevo* que hay en la vida de los gárrulos. La tragedia despierta el silencio brutal, y después la lengua. Sin lengua que soltar y desenrollar, la muerte no encontraría nunca manera de ocultarse.

Si bien el carácter medroso y torvo de Herman, el *Negro*, nuestro *Negro*, y la formalidad tísica y abrumadora de Gonzalo, casi comparable a la de Ramón García, resaltaban en el grupo, la precoz prudencia de este último contrastaba con el impulso bestial del resto de nosotros. No podíamos considerar a Ramón un miembro imprescindible o neto del clan: estaba y no, se unía en algunas charlas, o en el juego de futbol o beisbol, pero no en las misiones que realizábamos con el honesto y nebuloso propósito de joder a la comunidad de Villa Cuemanco y sacarle provecho y jugo a la aldea donde habíamos sido reunidos contra nuestra voluntad. Quemar el cuartel al que habíamos sido conducidos a ciegas. Pasar el tiempo, y divertirnos aun cuando no comprendiéramos del todo que la diversión es triste en esencia porque anticipa una caída, un hoyo en el futuro, una rendición, lo que sea…

Otro árbol de ramas secas y entrecruzadas crece en el pantano, uno recto y, en apariencia, bien encaminado. Un adolescente púdico, bien educado, de peso mayor, alto y cachetón como Ramón García nos imponía un respeto incomprensible; por lo demás, él usaba unas gafas colosales y dominaba (se le decía *dominar* a traducir frases hechas y comunes) el inglés, como ningún otro de mis amigos políglotas. Ramón carecía de un apodo a su medida pese a que su imagen lo tenía merecido. Sucedía al contrario que con el resto de nosotros: a él lo tratábamos por medio de una amable distancia y respeto, como si se tratara de un adulto, es decir, de alguien que no merecía nuestra salvaje, pulcra y decidida honestidad. ¿Quién sabía por qué razón tomábamos tal postura ante él? ¡Tomar postura! Ya desde entonces comenzábamos a convertirnos en espantapájaros y a *tomar postura*. A lo más que nos atrevíamos en su presencia era a mofarnos de la seriedad con la que él trataba a nuestros padres y a las mujeres, tuvieran ellas diez, veinte o cincuenta años; fueran unas guarras que apestaban a bacalao, o pirujas drogadas, o siamesas desdentadas. ¡Les extendía la mano! ¡Como si ostentara el cargo de embajador de Villa Cuemanco, o fuera a recitarles solemnes párrafos de la Biblia! Puta madre.

El padre de Ramón —un hombre de cuerpo grueso, rostro ovalado y carácter iracundo, aunque simpático y siempre dispuesto a saludar a quien saliera a su paso—, trabajaba como agente de bienes raíces en las oficinas de la inmobiliaria Riconada Coapa dentro del perímetro de la misma residencial, y había sido él quien había vendido casi todas las casas a nuestros padres. El Og Mandino local, héroe de ventas y negocios de bienes raíces. Y él ni siquiera se detenía a cavilar que vendía cajas en cuyo interior las familias se unían de tal manera como un núcleo, que tarde o temprano habría de estallar y embarrar de excremento el país, el mundo completo. ¿Hasta dónde llegaría la ligera brizna de mierda? ¿Al Mar Negro? Nuestros padres lo saludaban, al Og Mandino, padre de Ramón, radiantes de amabilidad y cortesía. Y él se consideraba el centro, el nudo de toda aquella glamurosa y unida comunidad. Resultaba extraño descubrir de qué manera su gesto adusto y gruñón desaparecía cuando extendía la mano a la hora de saludar a un posible cliente. Negocios, bienes raíces: más brizna que esparcir luego de que el núcleo estallara, una vez más, y otra, y otra...

Cierta noche, en hora temprana, después de haber tomado una ducha la *Pirrus*, hermana de Ramón, como recién acabo de decir, se había envuelto en una toalla de algodón y había caminado rumbo a su recámara lista a introducirse dentro de su pijama. En el camino, el agua escurriendo de su cuerpo, encharcó el pasillo que conectaba las habitaciones del primer piso y su hermano resbaló y cayó como el jabalí cazado por la flecha de un cazador. ¡Pum!, de pronto al suelo: de nalgas tan ancho como era. Este jabalí, furioso, se incorporó y le reclamó a su hermana culpándola de la caída. Ella le respondió: "En una hora estará seco otra vez: déjame de jorobar". La respuesta, científica a más no poder, dio lugar a que el hermano mayor se abalanzara sobre ella, la apresara e intentara obligarla a secar el piso.

Hay que pensarlo bien: los melindres de nuestro amigo carecían de justificación. Un poco de agua no causaba afrentas a nadie, ni tenía el mismo significado simbólico que el charco de sangre en *El fantasma de Canterville*. O quizá sí, y él encontraba en el agua regada sobre el piso símbolos cabalísticos y crípticos de la cruenta fatalidad que se avecinaba. La acusada se zafó del brazo del perseguidor y corrió hacia un salón de estar en donde se hallaba encendido el televisor en el que se transmitía un capítulo más de *Mi bella genio*, y como la *Pirrus* era pequeña, cinco o seis años de edad, posó sus pies en el regulador eléctrico con el fin de asomarse a la ventana y pedirle ayuda a su madre. Quien, a esa hora, regaba el césped en el jardín anterior de la casa. Y se electrocutó, la niña. Sus pies mojados se posaron encima del cubo de metal: electricidad y muerte. Y la tragedia a causa de un charco de agua, que se evaporó una hora después, cuando el cadáver de *Pirrus* ya reposaba encima de una cama.

La noticia de aquella muerte inaudita se divulgó en la colonia y a lo largo de varias semanas los amigos dejamos de frecuentar y de tener noticias acerca de Ramón. Ni siquiera mostraba su rostro cachetón por la ventana cuando, desde Hacienda de Mazatepec, mi calle, le silbábamos al pie de su recámara, en la parte posterior de su casa: ¡Fi-fi fi-fi fi-fi-fiú! Las hipótesis después del funeral y la misa se dispararon en centenas de direcciones, es decir, en un solo sentido. El único que existe, el del final presentido y por ello mismo sufrido. Y, sin embargo, la muerte de un ser menor a nosotros no se hallaba incluida en ese guión que desempeñábamos de prisa y a todo galope: las sorpresas desconcertantes comenzaban a dispararse. Los perros miraban la pared, angustiados, perplejos. El cielo oscuro podía tocarse con las manos. La pobre *Pirrus*.

—Enviaron a Ramón a vivir a casa de sus tíos, en Piedras Negras. Sus papás ya no lo quieren tener cerca. Nadie quiere verlo; ni yo. De ahora en adelante veré en su rostro la cara de la *Pirrus*. ¿Y quién va a poder soportar algo así? Ni él, ni nosotros.

—Lo que acabas de decir es lo más imbécil que he te he escuchado desde hace… un minuto. Hay que arropar a nuestro amigo. Más ahora…

—Su mamá enloqueció e intentó ahorcarlo; él tiene la marca de sus dedos en el cuello. Si no las matas primero, ellas terminan ahorcándote, a las mamás, digo. —¿Quién se expresaba de esta manera? Obviamente el pelirrojo de los caireles, Tomás, el sabihondo escupitajo flemático y pálido Tomás.

—Perdió el habla.

—¿Tú lo viste? ¿A Ramón?

—He sabido que anda como un muerto; ni sus pasos lo siguen. Y no estuvo en el funeral de su hermana. Yo no lo vi allí. Todos lo esperábamos. Ninguno veía el ataúd, mirábamos hacia la puerta de la funeraria esperando a que él apareciera. Y no llegó.

—¿Y cómo sabes que él tuvo la culpa?

—No tuvo ninguna culpa, fue un accidente... los accidentes se esconden y, de pronto, suceden.

—Su hermana, Alicia, le contó a mi madre lo que había sucedido. No paraba de llorar, Alicia. Hay más lágrimas en las mujeres que en las tuberías; hasta mi mamá lloró...

—¿Lágrimas en las tuberías? ¿De dónde obtienes tanta pendejada? Estamos de duelo.

—Pero tenía motivos, güey. Mo-ti-vos.

—¿Quién perdió el habla? ¿La madre de Ramón, o él?

—Él, güey. Las mamás nunca pierden el habla...

—Todos. "El habla", que extraño suena eso: "El habla". Pues yo también la perdí. A güevo.

—Es un accidente, a cualquiera pudo haberle pasado, yo creo que lo van a internar en una escuela de provincia. En la Mexicana Americana tampoco lo han visto, no va a clases.

—Puta madre, qué buenas vacaciones. Voy a electrocutar a tu pinche hermana.

—Bájale, güey.

—Los accidentes son normales, ya cállense todos, pinches pendejos chismosos. ¿De qué cochina pucha salieron?

—Claro, vean a Tomás, es un pinche accidente…

—No chingues. En un internado, digo, si lo internan, Ramón va a matar a alguien más.

—Pendejo, él no mató a nadie. Fue un accidente, ¿qué, no entiendes?

—No sabemos, ¿tú les crees a los papás? Son mentirosos —sentenció Tomás, el conocedor de la estupidez paterna—: Todos los putos reguladores deben de tener grabada la palabra "Peligro". En mi casa es así. Una niña de seis años no sabe de electricidad.

—Ya cállate, güey.

—¿Y si no sabe leer?

—Los padres la mataron; son irresponsables.

—Que te calles, hijo de puta, pendejo, melindroso, pito de muerto.

—Fue un accidente. Los accidentes son normales, ¿me escuchan?

—Si son normales, ¿cómo pueden ser accidentes? Eres tonto, ¿o qué?

Ramón apareció entre nosotros un mes y medio después del deceso de su hermana menor. Su normalidad lucía abrumadora y contrastaba con las historias que se divagaron en nuestros oídos a causa de aquel acontecimiento funerario. Nadie, en su presencia, mencionó o hizo alusión al accidente. Ramón no había bajado de peso, detalle que nos sorprendió a todos: las carnes no registraron la tragedia, al contrario, se habían nutrido de ella. Los gordos son gordos hasta en los dramas más aberrantes y dolorosos. O tal vez bajó de peso durante su encierro y luego retornaron alegres otra vez los kilos. No se sabe. ¿A quién carajos le importa eso?

La gordura de un adolescente es grasa efímera, peso onírico que despierta y desaparece: va o regresa, como la respiración. Fue el propio Ramón quien nos informó acerca de su propio estado anímico; sus palabras resultaron ser tan mesuradas, resignadas y gentiles que a nuestros ojos tomaba de súbito la dimensión de un santo cristiano. Cualquier resabio con sabor a melodrama había desaparecido de su persona.

"Después de lo que pasó —comentó él, serio y agrio—, ya saben, el accidente, mi mamá se enfermó y necesitábamos ayudarla. Vivimos un tiempo a un lado de su cama, yo la inyectaba y mi papá hacía sonar en el tocadiscos canciones de Nat King Cole que la tranquilizaban. Ya saben, es lo normal en estos casos."

¿Lo normal? ¿Una hermana electrocutada? ¡Carajo con el diplomático Ramón, nuestro sabio y resignado camarada! Pues sí, aunque Herman inclinara la vista atónita, Tomás plantara en el horizonte su mustia cara de asombro, Gerardo se mesara el cabello e hiciera muecas inéditas, Garrido colgara los hombros más de lo acostumbrado, Gonzalo estirará un brazo hasta tocar el hombro de Ramón en señal de solidaridad, y yo me quedara mudo, eso era lo *normal*, un accidente, la electricidad, la muerte, lo *normal*, quedar achicharrado, tatemado, lo *normal*. Y pese a que Tomás sospechara que en el fondo de este asunto se anidaba la irresponsabilidad de los padres que habían colocado un cajón eléctrico y asesino, aguardando a la víctima al lado del televisor, su desconfianza se aplacó ante la madura entereza de Ramón. ¿Nos hallábamos frente a un futuro líder o guía de la humanidad? Probablemente.

—Yo lo veo muy raro. No es la misma persona; ¿no ensayaría su papel? —expresó Garrido en cuanto Ramón se marchó después del primer y efímero encuentro en el camellón de Hacienda de Mazatepec.

—Estoy seguro de que sueña en las noches con su hermana —planteó, muy preocupado, Tomás.

—Sí, igual que yo sueño con tu mamá —agregó Herman, dispuesto a pelear; ¿una vez más?

—Si en los sueños no hay hermanas ni mamás, entonces no hay sueños. El *Garras* dijo algo parecido el otro día, ¿o no, *Garras*? Véanlo de esta manera: ella regresa a sus sueños y lo consuela. Le dice: "No te preocupes querido hermanito, me enviaste a la chingada y desde aquí te saludo".

—Pero qué santo pendejo eres.

—Sí, no mames...

—Te estás pasando de verga, cabrón; y burlando. Te voy a partir la madre si vuelves a hablar así de la hermana de Ramón.

—Vamos al cine mañana. Yo le invito a alguien la entrada, pinches pobres.

Todos los jueves, sin fallar, se estrenaba una película en el cine Villa Coapa. Podría ser una mala película, pero allí se ubicaba la sala más cercana a nosotros en muchos kilómetros a la redonda. En ese mismo cine vimos *El Exorcista*; *Terremoto*, una catástrofe terráquea en la que actuaba el antipático Charlton Heston; *Tiburón*; *Operación dragón*, una película de artes marciales en la que peleaba otro de nuestros héroes, Bruce Lee; y *Romeo y Julieta* de Franco Zeffirelli, según recuerdo; las catástrofes y el amor, la tierra temblorosa y las carnes despiertas desfilaban imagen tras imagen ante nuestros ojos incrédulos, ingenuos y fascinados.

En el cine la vida se deshacía como la nieve bajo un sol tenue. En la pantalla se fraguaba la única y verdadera experiencia, la vida que transcurriría como un nudo de imágenes, las cuales solamente la muerte, algún día, podría desatar para dejar libre a… la nada.

—*El gran asalto de los dóberman*. ¿Qué les parece? El título suena bastante chingón…

—¿Los pinches perros que asaltan un banco? Me da hueva ver esas pendejadas. Ya no somos niños y gastar quince pesos en eso, no —renegó Gonzalo, de entre todos nosotros quizá el más pobre y jodido. Su madre laboraba como secretaria en una empresa de pieles y su casa formaba parte de un dúplex, es decir sólo tenían media casa. Todo en Gonzalo se expresaba a medias.

—He oído decir que la película está bien chingona y que te pone a pensar en la inteligencia de los animales. A mí me asusta más un perro que una pistola —así opinó Tomás y esperó respuesta a sus tonterías: ¿unos perros ladrones que te hacen pensar? Eso habría que verlo.

—¿Ir al cine a pensar? La puta que te echó al pasto…

—¿Y estos perros llevan armas o qué? —preguntó Herman, en son de broma. Lo cercamos en el acto por medio de nuestras miradas burlonas y punzantes.

—No seas verdaderamente güey, pinche *Negro* carbonífero —dijo Tomás—. A esos perros los controlan por medio de silbatos y te atacan sin que un ser humano pueda escuchar el sonido. Son silbatos que sólo los perros son capaces de oír. Creo que la película está basada en una historia real. Al menos eso he escuchado.

—Y si fue real, ¿para qué la vemos? Lo que pasó ya pasó.

—Yo me cago en los pantalones si un pinche dóberman pela los dientes y me amenaza.

—¡Qué cobarde! El Bambino es mucho más bravo que un dóberman, ¿han visto bien sus colmillos? Te los entierra y te quiebra un hueso, el cabrón perro —exclamó Gerardo, refiriéndose a su perro, un afónico pastor blanco de proporciones considerables. No permitiría que su perro se viera opacado por otras razas caninas, aunque éstas fueran estrellas de cine—. Mi Bambino permitiría a los dóberman robar el banco primero y luego se los chingaba para quedarse con todo el dinero. ¿Decías algo sobre la inteligencia de los animales? Pues allí tienes…

—Eso, mi *Tetas*, a huevo —aplaudió Garrido, zalamero oficial de Gerardo Balderas.

—El Bambino se mearía de miedo frente a un dóberman. Y tú tendrías que limpiar el charco, pinche *Tetas*.

—Un día voy a echarte encima al Bambino, güey, a ver quién es el que se orina.

—¿Vamos o no a ver la película? Yo digo que sí…

Capítulo 8

Los días transcurrían a lenta marcha, como resulta ser normal en ese lapso interminable, breve y ambiguo que se ubica en los albores y en el centro de la adolescencia. En ninguno de mis jóvenes amigos se notaba la preocupación, genuina, que despierta el futuro lejano: la adolescencia no contempla ni sopesa el futuro porque una tontería de tal magnitud, la adolescencia, es en realidad pura y absoluta responsabilidad de los padres. Es allí cuando estos se percatan de la gran equivocación cometida, e intentan resolverla, y la impotencia toca a la puerta, y cualquier ave es pasajera, el nido se autodestruye y las putas comienzan a cobrar más dinero que de costumbre; así que los padres han echado al mundo a esos bultos animados e ingobernables. ¿Y qué hacer? ¿Rezar y rogar que la avalancha asesina no los arrastre con su fuerza incomprensible? Y, por otra parte, ¿qué clase de futuro podría haberle sido reservado a aquel presente plagado de acción fatua?

Las tardes habían sido diseñadas, a partir de las cuatro, para nuestro disfrute exclusivo, ya que en las mañanas cada uno asistía a su colegio y al retornar de clases comía en su casa con los miembros de su *verdadera* familia. Después de algunas tareas escolares venía la libertad y el vuelo. Las vacaciones ampliaban nuestro tiempo juntos pero causaban un par de bajas cuando la familia de alguno viajaba a provincia o al extranjero. Es decir, a Estados Unidos, territorio soñado, como ya he dicho, por los habitantes de aquel residencial del sur de la ciudad. Ninguno de los vecinos poseía un atributo artístico sobresaliente y habría sido difícil detectar a un pequeño genio entre nuestra cerrada horda de atorrantes. En nuestro nido, abarrotado de bocas abiertas y bostezos, José Clemente Orozco, José Revueltas o Tomás Alva Edison habrían muerto apenas abrir los ojos; ni pensarlo; sólo desdicha vital y toneladas de mocos. El genio había sido extirpado de la médula de nuestro ejército: éramos simples cuemanquenses, no alemanes. Y a diferencia de lo que sucedía en mi antiguo barrio, aquí, en Villa Cuemanco, mis padres nos permitían salir más tiempo a la calle y fomentar la amistad; intercambiar piojos y pulgas con otros monos.

Mi padre había cesado de ser un obstáculo a la libertad. Ya no decía, como antes, cuando vivíamos en la Portales: "No me salen a la calle. No quiero que se me vuelvan unos malditos vagos como sus primos." Por el contrario, en el nuevo hogar se mostraba efusivo y liberal: "Me alegra que estén haciendo amistades, inviten a sus amigos a casa cuando quieran".

Mi madre llevaba a cabo sus compras cotidianas en un súper; en vez de acudir, como lo hacía antes, al mercado tradicional de la Portales o al de la calle Lago, cerca del metro Nativitas, mercados en donde podía regatear los precios de la mercancía con cada puestero que le quisiera ver la cara; ahora empujaba un carro metálico y se servía ella misma de los anaqueles. "Aquí me han cortado la lengua. Cuando llegas a la caja a pagar ya te robaron." Sus quejas parecían razonables. Sin embargo, ¡tenía que adaptarse! ¿Las madres también deben adaptarse a la velocidad de los tiempos? Claro que sí, aunque lo hagan solamente para complacer a sus hijos y a sus esposos. ¡Qué impoluta educación, la nuestra!

El Centro Mercantil fue el supermercado que luego tomó el nombre de El Sardinero. Abría las puertas en la esquina de Miramontes y Acoxpa, dos anchas avenidas que se cruzaban al costado de la única gasolinera en Villa Coapa. Hasta allá, a El Centro Mercantil, se desplazaba mi madre para realizar las compras grandes y abastecedoras cada tercer día. Si sólo se requería miscelánea o menudencia entonces acudía a las pequeñas tiendas a un lado del parque, en Rinconada Coapa, a doscientos metros de la casa. Ella se había negado a conducir un automóvil, ¿por qué había de ser en todo como el resto de las vecinas amas de casa? Nunca, en su juventud y primera madurez, se habría imaginado estar al mando de un volante. ¿Por qué uno ha de ser lo que no se ha imaginado ser? Ya había aceptado teñirse el cabello de rubio y asemejarse así lo más posible a Doris Day, el deseo oculto de mi padre, y mudarse de barrio, y habitar una casa que se encontraba hasta la última célula de la cola de un ratón. ¿Pero, aprender a conducir un automóvil? Eso no lo incluiría en sus planes. ¿No había abofeteado ya a un instructor de manejo contratado por su marido? Desconfiaba ella misma de su crispado estado nervioso y de su pericia: "Cuando mate a alguien será a palos y no aplastándolo con una máquina". Y nada más que agregar. No, definitivamente, ella no parecía ser una mujer de su tiempo y su abierta y cínica traición ofendía duramente a mi padre.

En cambio, y más allá de las costumbres de cada quien, dominaba dentro de los márgenes de nuestra aldea, una imaginación compartida y creada en el entrecruzamiento de lenguas y disparates; azuzada por el encuentro de meteoritos y piedras caídas al final del periférico. Cada reunión tenía su consecuencia en hechos vigentes y abusivos. A las palabras seguían las acciones. Si decidíamos, después de una junta, bloquear el periférico o desviar el escaso tráfico que llegaba hasta aquellos rumbos, entonces colocábamos vallas de madera extraída de las obras negras del residencial y pintábamos letreros de obstrucción: VÍA EN REPARACIÓN. Conducíamos a las hileras de automóviles por donde se nos diera la gana. A quinientos metros de la casa de Tomás, el Periférico terminaba y no había más que tres caminos a tomar: si los carros provenían del poniente, a la derecha estaba el Canal de Cuemanco; a la izquierda, una angosta carretera conocida como Canal Nacional y que se dirigía hacia el Cerro de la Estrella; o la glorieta en el retorno, los 180 grados, si uno decidía volver a la civilización, a los residenciales y al alumbrado público.

Y allí, en el inicio de la urbanidad nos hallábamos nosotros, ¡nosotros!, aguardando a los despistados y perdidos, a los idiotas extraviados, a los pendejos que seguían la línea correcta y terminaban comiendo alpiste de nuestra mano. Allí, en donde la edad de piedra chocaba sus pulgares con los de la edad de la máquina.

En efecto, pasábamos buena parte de las jornadas callejeras hablando de mujeres, ¿quién posee la gran destreza analítica para hacer definiciones o diferencias a esa edad? A la chingada las pedanterías. Hablábamos horas acerca de MUJERES. ¿Pero dónde se hallaban en realidad las mujeres, además de en nuestra lengua y en el presentimiento? Emma y Ana Johnson Fajardo, nacidas en Estados Unidos, vivían en el costado derecho de mi casa junto con su madre divorciada y la abuela. Anabel y Ana Laura, hermanas, hijas de un profesor de educación física fornido y de piel verdosa, vecinas de Gonzalo y Jesús; las llamábamos *Planabel* y *Planalaura*, pues aunque alcanzaban ya los trece o catorce años no descubríamos en ellas algún indicio de protuberancias y curvas en sus cuerpos. Las *Patricias*: una de ellas, regordeta y cariacontecida, habitaba la última residencia del periférico y la llamábamos *Putricia*, así, de la nada y sólo porque su madre no le permitía devolvernos el saludo: su padre no contaba ni tenía opinión sobre nosotros, para él sólo éramos "un grupo de niños traviesos y algo groseros"; la otra Patricia vivía en la calle Perales, tan morena como el mismo Herman, nuestro *Negro*, hija de un funcionario de Pemex, un zángano chupa petróleo. A esta segunda Patricia la llamábamos Farrah Fawcett Negra, a causa de su glamuroso, abultado y bien cuidado cabello largo, y también a raíz del petróleo que mamaba su padre de la tierra. Ella era el antipóster de nuestra heroína, Farrah Fawcett Majors, el ángel de Charlie más rubio y sonriente y masturbador del trío de las hermosas mujeres que protagonizaban la serie de televisión. *You're just too good to be true. Can't take my eyes off of you. You'd be like heaven to touch. I wanna hold you so much. At long last love has arrived. And I thank God I'm alive. You're just too good to be true. Can't take my eyes off of you.* Isabel, Gabriela, mi hermana Norma, Sandra, Jany, y una decena más que ocupaban nuestras lejanías y cercanías, el centro y el *banlieue* femenino según la época, el temperamento, la fortuna del tiempo.

Una densa cauda de años después de aquella época en que me sumergí en las hendiduras del residencial Villa Cuemanco, me doy cuenta de que la personalidad o el carácter de Tomás no se hallaba en un sitio correcto o mesurable. ¿Se trataba de un loco en cierne, de una malformación genética, de una voluta de origen desconocido? No, los niños no poseen la cualidad de estar locos, por más deficiencia u oscuridad mental que muestren en sus acciones. No hay que aceptar tan fácilmente esa clase de burla barata y chueca: ¿loco un niño? No. Un niño es un rábano. No hay residuos ni materia para crear más especulación ni hacer razonamientos. El presidente de México en aquel entonces, Luis Echeverría, él sí un hombre algo trastornado, había tomado el cargo heredado por el presidente monarca del sexenio anterior, Díaz Ordaz, enarbolando un lema que rezaba: "Arriba y adelante". Ello significaba que el país dentro del cual vivíamos se encontraba abajo y atrás, rezagado y en el lodo, en el culo y el excusado. Los niños podían quedarse tranquilos porque nadie tendría el descaro de considerarlos sustancia y parte de ningún pasado: los niños no transcurrían en el tiempo.

Un día, después de lanzar la pelota en el diamante más pequeño de la liga Mexica, Tomás nos pidió a Gerardo, Herman y a mí que camináramos hacia el Canal de Cuemanco, hasta un puente que cruzaba el canal paralelo a la pista principal Virgilo Uribe. Fuimos sin preguntar, y una vez allí, a medio puente de concreto y lámina, nos dijo que saltáramos sobre el piso: "¡Brinquen!" Lo hicimos, brincamos todos a la vez y el puente tembló como gelatina.

"¡Vamos a tirar este pinche asqueroso y podrido puente!", gritaba Tomás, enardecido. Por un momento creí que en verdad la losa de concreto caería sobre las aguas verdosas y sucias del canal, pero no fue así. Antes de que ello ocurriera, nos agotamos y luego echamos a andar, sudorosos, y recorrimos cincuenta metros hasta el claro donde se hallaba el inservible cronómetro que medía el tiempo en las competencias de remo y canotaje. Después de las Olimpiadas, en 1968, jamás volvió a funcionar y ya muerto e inservible se ocupaba tan sólo de medir el tiempo verdadero. Nos sentamos encima del pasto amarillento, seco y oloroso, nosotros sin aliento y la tarde avanzando. Entonces Tomás se puso de rodillas y descansó sus nalgas en los talones. Comenzó a enhebrar una perorata algo desvariada y sin mucho sentido de la que pudimos concluir que odiaba a su padre y que estaba dispuesto a deshacerse de él. Los motivos afloraban y los principales tenían que ver con una amante paterna cuya existencia provocaba el llanto de la madre. Imaginarme las lágrimas de la madre de Tomás sembró en mí cierto odio y repulsión pasajeros. Mi heroína y conductora de un Ford Maverick GT aerodinámico no debería, nunca, ser humillada por un patán de baja estatura que se parecía tanto a Hitler. Incluso yo era más alto que el padre de Tomás; de pronto una necesidad repentina de proteger a aquella mujer me sobrecogió.

—Cada uno de nosotros debe matar a su papá —propuso Tomás, y se sacudió a un grillo que había brincado encima de su rodilla.

—Yo no tengo papá, güey, ¿no lo recuerdas? —aclaró el *Tetas*. Él creía que toda aquella conversación continuaba siendo una broma vulgar, un divertimiento alocado y fugaz, como el acto de saltar en el puente e intentar derrumbarlo, pero yo sabía que Tomás no debía ser considerado un rábano normal, sino uno más rojo, picante y encendido que las hortalizas comunes.

—Deja de decir pendejadas, Tomás —terció Herman—. Vete de tu puta casa y ya. Mea las paredes… y ya.

—Ustedes son mis mejores amigos y no van a dejarme solo en esto. No pueden ser tan culeros y tan…

—Ya cállate, no mames. Tú sí actúas como un hijo de Hitler.

—Y tu papá, ¿qué, *Negro*? Nunca está en tu casa, como tampoco el de Willy. Y te da unas madrizas lindas, a ti y a tu hermano. ¿No nos contaste que un día amarró los cabellos de tu mamá a la regadera?

—Estaba jugando… no quería hacerle daño.

—Y la mamá del *Tetas* —continuó Tomás— se desquita con él porque está sola como una puta nariz. Hay que incendiar todo: quemarlos.

—No quiero ir a la cárcel. Allí van a robarme los tenis y no hay estéticas, ¿quién puta madre va a cortarme el cabello? —dijo Gerardo Balderas, riendo, mesándose el cabello sedoso—. Y deja en paz a mi pinche madre.

—Tengo un plan —insistía Tomás. El grillo se posó esta vez en las piernas de Herman.

—Debe ser el plan más pendejo del mundo. No quiero oírlo —añadió Herman, enrojecido por la cólera y el desconcierto.

—Yo tampoco voy a escuchar imbecilidades. Tienes que buscar un siquiatra o algo así. Busca en la *Sección Amarilla*; te ayudamos a pagarlo.

—Ya le hablé de mis planes a Sandra y está de acuerdo. Y eso que ella es vieja, pinches putos. No quemaremos a nadie, ¿creen que soy tan pendejo como ustedes? Le echaremos la culpa… al agua. ¿Saben lo que es la gastroenteritis? Miles se mueren todos los días por eso.

—Vámonos ya, van a cerrar la reja en unos pocos minutos. Y nadie repetirá una sola palabra de las idioteces que Tomás dijo hoy.

Reja. Me refería a la verja que separaba la liga de beisbol del canal. Cerrado ese camino había que rodear por los hangares y el estacionamiento, y la distancia a nuestras casas se triplicaba.

Y volvimos a casa, en silencio. Los tenis, escarlatas a causa de la arcilla, y el aire oloroso a agua estancada, y el ramaje de los pirules y encinos a un lado del canal. Al cruzar los campos de la liga, Gerardo echó a correr, manopla de beisbol puesta, y gritó: "¡Tírenme la bola!" La lancé lo más alto que pude y los ocho ojos se concentraron en ese huevo de caucho, en el punto blanco que rodaba por el cielo azulado, allí al final del periférico.

Capítulo 9

La broma de Tomás, o como se le llame al acto de escaparse de la línea principal, propició un profundo desconcierto en los tres que escuchamos aquella verborrea criminal y extravagante bajo el cronómetro del Canal de Cuemanco. Sus rizos y su flacura humillante no provenían de la nada: significaban señales del mal y no había por qué despreciarlas ni permitir que pasaran inadvertidas; la anatomía es un pergamino tatuado de símbolos y premoniciones. Los hijos tienen derecho, tal vez, a asesinar a los padres y a reclamarles por haberlos obligado a nacer. Mas exterminarlos implica un castigo severo, la cárcel, un vientre de cemento, una vuelta a las barracas, a la pantomima humana. Y, claro, los niños tienen noticias frescas de lo que significa un castigo, puesto que a lo largo de su infancia son más castigados que ningún otro ser sobre la tierra.

Las competencias de orines en las que triunfaba, casi siempre, el *Tetas*, su chorro dibujando un arco cuya culminación alcanzaba los casi tres metros de longitud; los *poemas* declamados por Garrido hilando eructos de altos decibeles; jugar a los bolos derribando botellas de cristal, envases de refresco sin líquido, lanzando contra ellos la bola de boliche de mi padre, y esparciendo kilos y kilos de vidrio triturado en el camellón o en la acera; nuestra afición a intercambiar las placas de los automóviles durante la madrugada y luego esperar días, a veces semanas, a que los propietarios se percataran de que su vehículo tenía adosada en la defensa una placa ajena; robar los calzones de nuestras vecinas, o de las sirvientas, y clavarlos en los tableros de las canchas de basquetbol en el centro del parque; recoger los restos de perros muertos, atropellados comúnmente en el periférico, y arrojarlos al jardín trasero de la casa de *Putricia* o del *Asesino*; traficar con los calzones de las hermanas y amigas hasta poner en marcha un animado mercado negro: todo ello se hallaba sobre la línea principal del juego, en el centro de la carretera.

Sin embargo, la broma de Tomás rebasaba y trascendía nuestros juegos ordinarios. ¿Estaba Tomás confundiendo y mezclando un guión de cine con una obra de teatro? A esa edad los cables de su circuito cerebral se enredaban con sus caireles y se suplantaban unos por otros. No, Tomás no era una víctima más de la locura y perturbación modernas; sólo confundía las palabras entre sí y le resultaba sencillo imaginar y planear lo que no podía ser ni tener lugar. Es probable que al expresar la palabra *matar* él quisiera significar con ella: "Comer un pan Bimbo untado de mermelada McCormick y mantequilla Iberia." Al menos yo pensaba así y lo perdonaba. Mas después de aquella breve reunión bajo la sombra del cronómetro gigante en el Canal de Cuemanco, miré con ojos diferentes a mi padre. ¿Podría en verdad matarlo? ¿Cuáles tendrían que ser los motivos? No lo odiaba, y si él no se encontraba en casa la mayor parte del tiempo se debía al exceso de trabajo en la editorial. El propósito que movía su esfuerzo tenía una clara finalidad: lograr que su familia llegara a ser aceptada en Villa Cuemanco y que sus adorables criaturas tuviéramos roce y filiación con personas educadas y de un nivel social y económico superior.

Si dejábamos de lado las efervescencias mentales de Tomás, teníamos en verdad un serio problema. ¿Cómo resolver el dilema? Había que conformarse, los amigos, y tomarse el asunto como consecuencia del azar o del mal clima repentino, como una granizada que causa algunos descalabros antes de que el sol asome otra vez. Sí, pero de cualquier manera la esporádica granizada nos hacía la vida desgraciada, y no precisamente a causa de las intenciones de Tomás. El problema real tenía un nombre y se llamaba Fernando Santos. Un joven alto, flaco en apariencia, pero muy fuerte y desgarbado, y muy malo: un cabroncito. Próximo a los diecisiete años, Fernando tenía el deber natural de hacer ronda con jóvenes de edad semejante, pero su instinto lo llevaba, de vez en cuando, a buscarnos y a echarnos a perder el día. Maldita desgracia, puerca lepra. Los únicos que sumábamos cuerpo y puños suficientes para enfrentarlo y contenerlo le temíamos. Ramón le tenía menos miedo que yo, pero después de la muerte de su hermana, Ramón se había convertido en un pacifista convencido y prefería hacerse a un lado y callarse, o dejar que las aguas volvieran a tomar su cauce normal. ¿Hay un cauce normal en las cosas? Sí, el cauce que te deposita en el drenaje profundo es el mismo que te lleva al cielo. *Pacifista convencido* no es la definición más adecuada. Existen pacifistas que lo son desde el caos original en el que viven sus genes. Son genes que ondean la bandera blanca en cuanto presienten cualquier amenaza a su tranquilidad. Cuando Fernando se aproximaba lentamente hacia nosotros, como un Quijote cansino a quien sus pies le pesaran, el silencio cundía y las quijadas de cada uno de nosotros se soldaban promoviendo una atmósfera incómoda. Tomás

mascaba el chicle tan rápido que sus mandíbulas craquea-
ban; Herman agachaba la cabeza, nada extraño en él, y la
piel de Garrido se tornaba rubicunda. Gerardo y yo fingía-
mos no sentir ningún temor, mas sabíamos que ni siquiera
entre todos, y ello debido a la cobardía que nos mordía la
carne, le podríamos propinar una zurra.

Fernando había nacido malvado, a secas, como puede
serlo una plaga o un puño natural, una mano sin dedos; o
qué sé yo, pero malvado, un verdadero y consistente hijo de
la chingada. Vástago de un renombrado oficial de la marina, un capitán de corbeta respetado y temido, tanto en la
marina, como en su propia casa, quizá ésta la primera construcción levantada en el residencial. Los hermanos mayores de Fernando, cuando había oportunidad, nos protegían
de sus garras pues ellos tenían el juicio más o menos en el
lugar adecuado, dentro del círculo cerrado, y no acostum-
braban jodernos cuando mis amigos y yo andábamos en la
calle. En cambio, Fernando, no lograba controlarse y cada
semana nos enterábamos de alguna historia en la que él
jugaba el papel principal. Algún placer adictivo le causaba
quemar animales y observar su carne en llamas hasta que el
último residuo de lumbre se apagaba en los huesos. A causa de esta adicción fue que un día incendió a aquella vaca,
la roció de gasolina y esperó a verla arder. La vaca pertenecía a un establo cercano a nuestra colonia y ubicado en
la avenida Cafetales: el establo de Toño, en el que nosotros
solicitábamos trabajo en las vacaciones. Media centena de
estos animales era arreada durante las mañanas para pastar
en los llanos que se hallaban frente a nuestra colonia, mar-
ginados por la avenida Cañaverales. El recorrido de las vacas
carecía de misterio: las conducían desde el establo plantado en la avenida Cafetales hacia el norte, y después de dos

cuadras las hacían doblar a la derecha en Cañaverales, justo donde se alzaba el colegio Lestonnac, comandado por un grupo de monjas, al que llamábamos *Lesbionac*. Lo habíamos escuchado de alguien, quién sabe de quién, lo de *Lesbionac* nada más, y el recorrido de las vacas culminaba en el llano y pastizal gigante que se alargaba de Cañaverales hasta Calzada del Hueso.

Un agosto, cuando el sol nos hacía sentirnos más vivos que muertos y el pasto quemaba y el concreto del periférico expelía figuras de vapor imaginarias, cinco vacas abandonaron la manada y se desviaron hacia la calle Algodonales. Los arrieros no se percataron del hecho porque estaban mareados y aturdidos por el sol. Las vacas, animales sin fortuna, se toparon de frente con Fernando Santos, el maligno. Al verlas él dio un grito enérgico, tipludo, como si representara la voz pública y su fobia fuera la imagen del odio colectivo: "¡Ya estamos hasta la madre de que vengan a cagarse en las calles, pinches vacas putas, tetonas de mierda!" Y después de rociar a una de ellas con el contenido de un bidón de gasolina, le prendió fuego al animal. El tufo a carne quemada se expandió en la colonia y se mantuvo rondando durante días enteros. Él, Fernando Santos, matador de vacas, también incendiaba gatos y alguna vez mató a un topo con la pistola de su padre. Él mismo nos contaba sus historias detalladamente. ¿Quién podía reclamarle? ¿No tenía derecho, como todos, a una autobiografía feroz? Probablemente el almirante, su padre, lo castigaba o quizás él vagaba lejos de la colonia para que no le cobraran deudas o le clavaran una navaja entre las costillas. Desaparecía por varias semanas y cuando al fin respirábamos aliviados a causa de su prolongada ausencia, veíamos, de pronto y aterrados, emerger de cualquier lado, del cielo o el infierno, su maldita y atrofiada y mal nacida figura. Y a joderse. Y a soportar sus bromas y su charla gandaya.

—¿Soy bienvenido a la reunión de los niños maricas? ¿O andan planeando cómo chaquetearse entre todos?, putirenacuajos. Estoy reuniendo dinero y en medio año, más o menos, tendré un Mustang Mach I, ¿eh, chinches? Más les vale no bajarse de la banqueta. Así le voy a llamar a mi Mach I, el "Mata Chinches".

Fernando solía saludarnos vociferando amenazas y haciendo patente su menosprecio hacia nuestras dignas y azoradas personas. Se postró a un lado de nosotros, con su sonrisa en forma de banana inmadura. Y no mostraba los dientes; ¿tendría dientes? Sí, claro que los tenía: colmillos depredadores, garras dentro de la boca. Nos hallábamos sentados entre los cimientos de algún futuro hogar mientras meditábamos y decidíamos a qué dedicaríamos nuestro tiempo en esa misma tarde. Había moscos, merodeando, punzantes, encima de los charcos, y los girasoles silvestres alcanzaban alturas mayores a un metro. La flor de duraznillo también crecía casi hasta alcanzar setenta centímetros y nos hostigaba en los brazos y en las piernas, llenándonos de pelusa y salpullido. Cemento y flores, varilla y plantas gigantes; y venido de entre la mierda y las tuberías subterráneas y herrumbrosas emergía, de pronto, Fernando Santos.

—Sí, te nombramos el presidente vitalicio de la reunión de maricas —masculló Gerardo, el *Tetas*. Lo observamos colmados de genuina admiración y sorpresa. Fernando le dio una patada en el muslo con el empeine:

—Ande con cuidado, puto. El que hace las bromas aquí soy yo.

—No hay bronca. —Gerardo volteó la cabeza y miró hacia el horizonte con tal de no aterrizar la mirada al piso.

En ausencia del imaginario e hipotético *horizonte* ninguno de nosotros podría disimular que estaba allí.

—¿Y ustedes qué?, patanes; tráiganme a sus hermanas para darles la bendición.

—¿Te has madreado últimamente a alguien? —preguntó Tomás. Apenas se comprendían sus palabras cuando esa bola de chicle llenaba su boca. Ensayaba la zalamería. Fernando sonrió. Había mordido el anzuelo lanzado por el pequeño Tomás y su pelo rizado.

—A algunos culeros mafiosos que se pasan de verga y pito. Nunca faltan; te caen del cielo. Yo me entreno a golpes con los marinos. Mi hermano los elige para mí de entre alguno de los soldaditos de mi papá. Y me doy de madrazos. Me madreo a los más fuertes, no crean que le pego a niñas como ustedes; no se orinen del susto, pinches *fresas*. ¿Qué gano yo con patearles el culo? Mejor los incendio, como animales. ¿O no son animales?

Dentro de las instalaciones del Canal de Cuemanco, la Secretaría de Marina contaba con un escueto destacamento de marinos. Allí había dormitorios, talleres y algunas embarcaciones sobre ruedas, almacenadas en un estacionamiento techado. El canal se regía entonces por la Secretaría de Marina. El padre de Fernando Santos representaba la autoridad máxima dentro de aquel territorio en el que ni siquiera la policía tenía jurisdicción, y sus hijos, especialmente Fernando, tomaban el cuartel como si éste fuera un parque de diversiones y los marinos payasos.

—Casi todos los marinos están bien mamados y son correosos. Se pasan el día haciendo ejercicio —acotó Garrido a favor de la marina. Sobra decir que tenía razón. Aquellos locos acuartelados, huérfanos de enemigos concretos, dedicaban la mitad del día a ejercitar sus músculos.

—Son puros guarritos que se traen de los pueblos. Les das un grito bien puesto y se echan a llorar. Así como este Negrito. —Fernando Santos, alto, criollo, de puños poderosos, señaló a nuestro Herman. ¿Qué culpa tenía Herman de que su color no estuviera a la altura de sus tenis Nike y de su bicicleta Benotto?

—Yo no lloro, güey —balbuceó Herman y se tragó una a una sus hipotéticas lágrimas. Le había llegado el turno de ser valiente y merecía de inmediato el premio de nuestras miradas embelesadas y agradecidas. Aquel podía ser llamado *el día de los valientes*. Llamarle "güey" a Santos no significaba poca cosa. ¡Se trataba de una hazaña! A ojos de Tomás, el *Negro*, Herman había recuperado su blancura en un santiamén. De la nada, el *Negro* se convirtió en albino.

Fernando avanzó dos zancadas y le dio una fuerte palmada en la nuca a Herman, un zape. Herman reposaba sentado en un haz de vigas de madera y, a causa del golpe, estuvo a punto de desplomarse. Los golpes en la nuca dolían más que el sermón de un padre, y mucho más que la inesperada cagarruta de golondrina en la cabeza.

—Si no sabes llorar yo te enseño. Es gratis la lección. ¿Quieres comenzar?

Herman no tenía un comino que ganar, perder, apostar, guardar o tirar, así que mejor se calló y soportó el golpe a ciegas.

—¿Y qué van a hacer? Vamos a jugar beisbol a la liga. ¿O qué? Dicen que Balderas es muy bueno. A ver, quiero *watchar.*

Tal fue la propuesta de un animado Fernando, dispuesto a sumarse al equipo y a lanzar la pelota al guante. Es probable que no fuera consciente de la repulsión que nos causaba. Alguna vez escuché a mi madre decir que las personas malas son malas porque son ingenuas y no conocen en verdad el mal que se apodera de ellas. Tan burda filosofía no quería decir algo distinto a "las personas malas son malas porque son buenas". ¿Quién podía creer algo así? No yo, al menos no yo.

Las intenciones deportivas de Fernando nos tomaron por sorpresa y nuestra primera reacción fue la no reacción, la mudez. ¿Fernando jugando al beisbol entre nosotros? Ni madres, absolutamente ni madres, los límites no podían revelarse más claros y por mucho que fingiéramos no reconocerlos, estos se manifestaban diáfanos frente a nuestras narices. Antes de que él pisara el diamante de beisbol preferiríamos dinamitar la liga, inundarla, borrar las líneas de cal y pintura que marcaban el perímetro, cavar un hoyo en el montículo del lanzador. Su oferta no encontró oídos abiertos y él se percató de nuestro desgano aunque lo atribuyó a la pereza y no al efecto que causaba su persona siniestra, detestable. Es verdad que el veneno no tiene conciencia de sí porque es inmune a sí mismo.

—Son una manada de pinches escuinclas aburridas. Un día te voy a quemar los pelos a ti, cabrón, para que no parezcas muñeca Lili Ledy —amenazó Fernando, dientes afuera esta vez, al pequeño Tomás, quien a causa del susto se tragó el chicle. No exagero: se tragó todo el jodido Chiclets Adams de menta. Él, Tomás, el dizque asesino de padres.

—Cuando vayamos a pelotear a la liga te avisamos. Pasamos a tu casa por ti, a huevo. —Fue una falsa promesa, la mía, apenas necesaria para salir del dilema, pues primero invitaríamos a un cerdo cojo o a un lagarto a la liga Mexica que al maldito Fernando Santos.

—Está bien, pero que sea en la tarde, payasos, cuando baje el sol. En las mañanas trabajo muy duro y pronto me convertiré en un sabio bien cabrón, como Aristóteles o Einstein —explicó Fernando y ni él mismo aquilató su aberrante y espontánea puntada. ¿Cómo y con qué clase de recursos lograría alguien como Fernando transformarse en sabio? ¿Amedrentando adolescentes cobardes? ¿Muriéndose? ¿En qué consistiría para él ser un *sabio*?—. No olviden llevarme una manopla porque perdí la mía. Y si no pasan pronto yo los vengo a buscar. Adiós, chinches, y saluden de mi parte a sus hermanas.

Fernando Santos, el piromaníaco matón de vacas y gatos, se marchó dejando tras de sí una inminente cauda de "volveré". Lo vimos girar en Perales rumbo a su casa en la segunda calle de Hacienda de Mazatepec, continuación de mi propia calle. El alivio volvió. Según la versión de Fernando él había perdido *su* manopla, mas la pura verdad es que nunca había tenido una manopla en su perniciosa y mal oliente vida. Y tampoco era propietario de una bicicleta, unos buenos patines, o de un balón de basquetbol. Nos auscultamos de reojo, apenados por la cobardía comunal mostrada: la presente y la futura. Nadie profería comentarios acerca de lo ocurrido, como si nos hubiera visitado un fantasma y tardáramos seis o siete días en reponernos del espanto antes de poderlo rememorar. O, al contrario: habíamos recibido la visita de un ser tan concreto y malvado, tan material y perro que tardaríamos varios días en asimilarlo y convertirlo en un espectro o en una alucinación. En verdad, Fernando Santos resultaba ser en nuestras vidas un dilema serio y oprobioso, una ecuación en apariencia irresoluble. Una calamidad que muy pronto aplacaríamos gracias a la magnífica y santa e implacable puntería de Gerardo Balderas, el *Tetas*.

¿Era Gerardo Balderas, nuestro *Tetas*, un filósofo en cierne? No sé si los niños sean capaces de procrear alguna clase de filosofía coherente en sus cabezas, ojos o piernas. Una mañana de sábado mientras los marinos provenientes del destacamento en el Canal de Cuemanco realizaban prácticas de marcha militar en el periférico, y escuchábamos sus botines de cuero y estoperoles de lámina golpear contra el pavimento, y también sus cantos guerreros e ingenuos que rimaban la palabra *marina* con *vitamina* o *endorfina* o no recuerdo qué idioteces líricas y marciales, Gerardo y yo nos encontrábamos sentados en el cofre del Datsun de su madre, cómodos, charlando arropados por una atmósfera pacífica, fraternal y un clima tibio, de corazones detenidos que se difuminó con el arribo de los marinos. Gerardo y yo conversábamos a menudo y yo lo consideraba un amigo entero; a excepción del día en que lo busqué para amenazarlo con la pistola de mi padre, rara vez nos hallábamos en desacuerdo. Yo proponía, él asentía. Él proponía, yo asentía. Y los demás amigos nos seguían fieles y dispuestos a tirarse al barranco tras de nosotros: la pequeña congregación de bastardos en ascenso e imbuidos de un movimiento desbocado. Orden y movimiento desbocado: nada tan contradictorio, y a la vez tan real y contundente.

Gerardo alimentaba la abnegada costumbre de recoger cualquier piedra que encontrara en la calle o en los terrenos baldíos para, en seguida, lanzarla contra un poste, una pared o cualquier superficie a la mano. Un hábito que nadie de sus amigos cuestionaba. ¿Para qué? Las paredes y los postes no son personas, son piedras moldeadas, amansadas. El brazo educado de Gerardo, brazo de pitcher estrella, se accionaba sin chistar y el objetivo de su tirada aparecía apenas tomaba la piedra: un transformador eléctrico en las alturas de un poste de concreto le guiñaba el ojo, y lo mismo hacía el muro descascarado, o el pájaro posado encima de una rama. Lo llamaban y seducían silenciosamente, lo incitaban, se proyectaban en él. Y allí iba la piedra. Podía lanzar un pedernal o una bola de concreto incluso más allá de los cincuenta metros y su puntería no desmerecía en mucho. Tiraba curvas y desde que la piedra salía de su mano, la parábola se dibujaba en el aire y nuestros ojos atónitos seguían su trayectoria perfecta. Poco importaban las estrellas fugaces del cielo nocturno si podíamos disfrutar de los lanzamientos aéreos de Gerardo Balderas. Aquella mañana de sábado, cansados del estruendo que hacían los soldados al marchar a veinte metros de nosotros, Gerardo me dijo:

—Si nos trepamos hasta la azotea de mi casa podríamos apedrear desde allí a los marinos y ver cómo van cayendo, uno por uno, cabrón por cabrón, como un rosario de pinches fetos. Acabamos con toda una generación de marinos que ni conocen el mar. Los bajan del cerro y los nombran marinos, puta madre. Además, la suerte está de nuestra parte: justo ayer descargaron toneladas de piedra de un camión, en Perales, junto a la casa de la Farrah Fawcett Negra. Debemos recargar las provisiones, pronto, antes de que comience la obra.

—Sí, tenemos que ir hoy o mañana por ellas, todavía no contratan a un cuidador. Paso por allí todos los días, hay piedras y retazo de tubería.

—Y las piedras se mueven de un lado a otro, tomas una y la lanzas y de pronto está en otro lado.

—Pues sí —dije, yo. ¿Qué más podría añadir a esta fenomenal conjetura?

—Hablo de las piedras sueltas, no de las que son prisioneras.

—¿Cuáles son las piedras prisioneras, *Tetas*? —Las pecas ocres salpicadas en el rostro de Gerardo me sugirieron piedras que un ave podía tomar con su pico y ponerlas en el rostro de otro niño, un ave ociosa.

—Las que ya forman parte de algo más: casas, bardas, construcciones. Pero tarde o temprano se derrumban, aunque tengan que pasar muchos siglos y vuelven a quedar libres, y entonces llega alguien como yo, las toma y las lanza al canal, y así, de pronto, están en el agua. Han cambiado de lugar y ahora descansan en el fondo de un canal, ¿verdad?

—Sí, pues sí —dije. Los marinos, entre tanto, se habían tomado un descanso a discreción y charlaban en filas.

—Al final las personas son como piedras, güey, están en un lugar y de pronto están en otro. Cambian de trabajo, o se largan a vivir a otra colonia o ciudad. Mi tío Mario va a mudar su taller mecánico, el de avenida Popocatépetl, y se lo va a llevar a Satélite. Dice que allí le irá mejor. Es otra piedra que alguien tomó y lanzó a Satélite. ¿No?

—Casi nadie se queda en el mismo lugar. Yo vengo de la Portales y ya no pude vengarme de algunos cabrones que nos jodían en la escuela.

—Si lanzas la piedra con todos tus huevos, con mucha fuerza, parece que fuera un accidente, ni lo ves venir, de pronto el chingadazo, la piedra no tuvo ni tiempo de pensar. Ya sé que las piedras no piensan, pero también hablo de la gente. ¿Me entiendes? Una piedra en movimiento es muy parecida a una persona.

—A huevo, *Tetas*.

—A huevo, Willy. Hay que seguir apedreando ojetes.

Capítulo 10

La vi venir a cincuenta metros de distancia, pausada y desentendida, cuando la luz del día estaba mudándose por completo a la otra mitad del mundo. Gerardo, Garrido y yo llenábamos un costal con las piedras que recientemente un camión de carga había desembarcado el fin de semana en Perales. Cuando robábamos piedras, lo hacíamos en silencio y nos concentrábamos en el asunto, o piedras o palabras, no nos mostrábamos demasiado ambiciosos al respecto. Cuando la vi aproximarse me separé de mis compañeros obreros y fui al encuentro de Sandra; ir hacia ella fue un acto no premeditado. Yo sólo obedecía el empuje de mis zancadas y de mi curiosidad, un zombi alcanzado por una descarga repentina de energía. Un puro latir, eso significaban mis pasos cuando caminaba al encuentro de Sandra y ella se detenía al descubrir que yo me acercaba. Esa tarde la encontré un poco más bonita y abstracta de lo que mi imaginación debía permitirme, y un leve tono bronceado y el cabello liso la hacían parecer más delgada. Sin embargo, nosotros, los roedores del barrio, le habíamos adjudicado una silueta única y la considerábamos "regordeta", "algo inflada", "cachetona" y otros atributos cercanos al melón o a la jícama, injustos por demás, pues ella poseía el cuerpo de una mujer adulta y desarrollada más que el de una adolescente obesa. Su camisa estaba abierta desde la horqueta del cuello hasta donde los pechos comenzaban a formarse. Y al estar yo frente a ella, mordió sus labios y me miró, paciente y en espera de mi saludo. ¿Qué cortesía esperaba Sandra de mi parte? Las buenas formas y los modales correctos, Sandra los exigía, y teníamos permiso de difamarla, insultarla o ladrar a su espalda porque a ella el parloteo que causaba su conducta le hacía gracia, pero frente a su persona teníamos el más estricto deber de ser correctos.

La madre educadora y guía de cachorros se esconde en las mujeres de toda edad, y cuando es necesario abre su ojo de reptil, y fulmina al niño malcriado y barbaján. Es así, las madres no necesitan más que sus pupilas mortales y paralizantes cuando deciden castigarnos. Sandra vestía la falda escolar, o al menos eso creía yo; la falda escolar y cotidiana que utilizaba a la manera de una sobrepelliz religiosa, o como un cotidiano uniforme carcelario, no sé, como su piel misma. El esmalte de las uñas se encendía cuando su mano se posaba en su camisa. Vi que sobre su cuello deambulaba una hormiga diminuta, es decir, la más diminuta de todas las hormigas: una especie desconocida, del tamaño de un enorme neutrón, no sé. Vi al animal porque besé a Sandra en la mejilla; algo nuevo en mi caso, propinar el beso en los cachetes; mi familia no acostumbraba besar en el momento de saludar; ni tampoco era algo usual en el barrio del que yo provenía; el saludo se concedía con la mano, y el beso estaba destinado al rostro de las madres, las abuelas y las tías. Los niños no se andaban besando así, nada más, como adultos. Otro mundo se fraguaba allí, al final del periférico.

—¿Ya me vas a dar el teléfono de tu casa? No creas que voy a hablarte todos los días, ¿tienes miedo de que te llame? —me preguntó Sandra Cisneros.

—5 94 63 70

—¿Y dónde lo apunto?

—Memorízalo.

—Lo voy a olvidar.

—Memorízalo en inglés.

—*I will forget it.*

—En esta colonia, y tú sabes bien eso, todos los números comienzan con 5 94, como el tuyo; junta las cifras restantes y apréndete un solo número 6370. Seis mil trescientos setenta —dije yo, el consejero criptógrafo.

—¿Por qué no vamos a mi casa? No hay nadie allí ahora, vamos, seis mil trescientos setenta segundos y ya. Es una tarde linda y podemos ver los árboles de Cuemanco desde mi ventana: seis mil trescientos setenta árboles —dijo Sandra y ondeó un brazo; por un momento perdí el sentido de mis objetivos. Los encontré cuando al bajar la vista vi sus botas rojas. Deseé acostarme otra vez con ella, una vez más, mordisquearle los pezones y besarle el pubis, meterle la lengua hasta palpar con ella a todas las mujeres de su genealogía, y preguntarme por qué ella no olía a orines, ni a sudor; hasta la sal de su vagina era dulce. Y su culo no olía a excremento, carajo, no había polvo allí siquiera. Ella, mi muñeca inflable, mi *sexy doll* de vinilo o látex, según su humor. Mi muñeca inflable de silicón despedía un aroma a perfume Charlie, a aparador de dulces, a helado Hot fudge sunday.

—¿Te gustan? ¿No están muy rojas? ¿Demasiado rojas? —preguntó.

—Sí, muy rojas. —Cuando asentí, vinieron a mi mente sus labios vaginales, rojos y dóciles.

—¿Te acuerdas de lo que pasó allá, bajo los árboles?

—Bajo los árboles el mundo gira, y yo estoy mareado; ahora me siento mareado —respondí.

Recordaba cada punto y línea del pasado, lo recordaba tan fielmente como uno puede llegar a memorizar su propia médula porque la siente y sabe que está escondida en algún lugar, viva y perfecta. Semanas atrás, acaso un mes de treinta y cinco días, habíamos rodado, Sandra y yo, abrazados encima del pastizal, al resguardo de ojos intrusos, en libertad absoluta porque la hierba había crecido casi un metro y cubría nuestros cuerpos desnudos, y al rodar ensartados uno en otro pasamos encima de una bosta de vaca que reventó con el peso de sus nalgas y las mías y bañó mis muslos, mis rodillas, ¡nuestras pestañas! La bosta nos había devorado enteros, y después de que Sandra vomitara a cántaros, utilizamos mi ropa para limpiar su cuerpo primero, después el mío; mi camiseta de los Vikingos de Minnesota, y mi pantalón de mezclilla Britania que recién había comprado con los ahorros obtenidos a costa de limpiar establos y arrear vacas los fines de semana o los días feriados. En cuestión de un instante Sandra dejó de ser la muñeca de poliéster y su olor a dulces de confitería se transformó en un cascarón de excremento. Mil veces carajo: adiós a la utopía del silicón y la pureza. De manera automática brotaron en mí los modales del caballero que acude en defensa de la dama y le ofrece su ropa y su cuidado. Jamás volvería a usar la camiseta del equipo que comandaba el astro, algo calvo, sí, pero astro luminoso Fran Tarkenton. Y yo debí esperar hasta que la noche se encendiera otra vez y entonces volver a casa con el torso descubierto y oliendo a mierda; el cabello, las uñas, los calcetines y todas mis prendas lucían salpicaduras verdosas y ocres. A tal *pasado* se refería Sandra.

Las ramas de los árboles no se movían, como si fueran de cera, y el brillo amarillo del piso lastimaba los cuerpos. Pero el deseo, ya enmierdado, había nacido otra vez, y otra vez, y varias veces más. Sin embargo, en este encuentro gratuito que interrumpió el robo de piedras, no mostré intenciones de adentrarme en casa de Sandra, ni de escuchar sus discos LP girando en el tocadiscos portátil a un lado de su cama. Oír otra vez el "sha la lalalalalala" en "Yesterday Once More", la aberrante canción de Los Carpenters, me haría orinar ácido y lava. Y mirar una vez más el póster de Donny Osmond adosado a la pared de la recámara me vaciaría las entrañas por completo. ¿De qué putas se reía ese gringo tarado y por qué sus ojos brillaban como si en lugar de pupilas le hubieran crecido dos refulgentes diamantes? Antes de tomar cualquier decisión atrabancada pregunté a Sandra, en plena acera del periférico, si Tomás le había contado ya algo sobre su proyecto de asesinar a su padre y si no creía que sería conveniente hablar al respecto con los padres de Tomás, o al menos hacer partícipes a sus hermanos menores, pero ¿qué íbamos a decirle a esos niños? Alan, Merril, Wayne, Jimmy, Jay y a la solitaria Marie, los seis hermanos de Donny Osmond. ¿Y qué a Jaime, Jorge, Alondra y la bebé Marisela, los hermanos de Tomás Gómez? Pasó por mi cabeza la idea de sugerirle a Tomás formar un grupo musical acompañado de sus hermanos y cantar y olvidarse de la mugre en el cerebro y de la mugre en la tierra, en realidad la misma porquería aunque una pareciera escondida dentro del cráneo y la otra se incrustara en la piel. Esa materia podrida que altera la mente y hace que las cosas buenas se extravíen y vuelen a la deriva. Podría cantar, Tomás:

"Quiero matar al cabrón de mi papá, sha la lalalalala", y quizás a raíz de ello obtendría el sosiego y la paz de sus impulsos. Imaginé un dueto, Tommy y Donny, y a la mamá de Tomás, mi heroína, aporreando el pandero, ellos embutidos en trajes blancos de amplias solapas, forrados de diamantina; y ella dentro de la falda escolar de Sandra, mirándome con amor y gesto melancólico como lo hacía Karen Carpenter cuando cantaba a todos los jóvenes de todos los suburbios de la Tierra.

Sandra me tocó el ombligo y formó en él un remolino con su dedo índice. "Niños, niños idiotas y asesinos. Tomás ha querido ganar su atención", dijo y no añadió mucho más a lo que sabía yo, y de pronto, fingiendo que se le había ocurrido en ese momento, me preguntó si estaba yo dispuesto a hacer algo con la *situación* que privaba en mi casa. Sus palabras sonaron sutiles y descuidadas, y tan expresadas de paso, que yo no advertí nada especial en ellas. ¿Qué sucedía en mi casa que a ella le importara? ¿Situación? ¿Cuál era la *situación* en mi casa? Sandra no conocía ni un ápice de la vida de mi familia. ¿Había algo qué remediar en mi casa? Allí mismo sentí temor otra vez de que mis padres se separaran o murieran. Lo quería todo a la mano y sin alteraciones, un vientre afable e intemporal, una madre que cocinara y un padre autoritario que cada año cambiara su automóvil por un nuevo modelo. "Mi padre es el único ser vivo en esta colonia que merece estar muerto", musitó Sandra segundos antes de que Ale Garrido y el *Tetas* vinieran hacia nosotros en carrera crispada, seguidos por un hombre de larga edad y cuerpo enclenque que les exigía devolver las piedras recién robadas. En algún momento, Gerardo se cansó de huir, volteó hacia su perseguidor, el vigilante del material almacenado en el terreno de una obra futura:

"¡Pinche anciano come vergas!", extrajo un par de piedras del costal y las lanzó de manera que éstas pasaron rozando al reclamante quien, al sentir el peligro a tan corta distancia, prefirió conformarse: dar media vuelta y volver por donde venía. "¡Putos escuincles, ladrones!", gritaba la bazofia de viejo.

¿A eso habíamos llegado? ¿A hurtar piedras? Nuestro filósofo, el *Tetas*, había llevado su obsesión a extremos riesgosos. Imaginaba yo al viejo empleado, protector de piedras, dirigirse a mi casa y encarar a mi padre y acusarme de ser un ladrón de piedras. Y ya me veía a mí mismo explicando la causa de mis estúpidas acciones: "Lo hago por un amigo, papá, el mejor lanzador de piedras de la historia, el *Tetas*, un amigo que además de ser gran pitcher, también es filósofo. ¿Cuánto puede costar un par de piedras? Nada… vale más un huevo que una piedra." ¿Tendría yo la valentía o sabiduría de defenderme haciendo uso de estas sagaces analogías? Se reirían de mí, hasta el cuidador de piedras y acusador se mofaría de mi empeño: malditos ignorantes.

La noche aterrizó en aquella porción austera y plana de la ciudad, y yo regresé a casa a hurgar en mis sentimientos encontrados, me auscultaba el pene erecto a la vez que me preguntaba cuándo volvería a su estado normal; Sandra lo había hechizado; el roce de la muerte y su falda escolar, las confesiones, la tarde cálida: mis testículos se hallaban a punto de reventar. Me enclaustré en mi recámara y tomé un libro, *Madame Bovary*, una edición que mi madre había forrado de plástico transparente y en cuya portadilla había escrito orgullosa mi nombre, usando la caligrafía Palmer, que aprendiera en su infancia. El aparato de televisión Philco dominaba la sala bajo una marina pintada al óleo adosada a la pared, y alrededor de la caja electrónica se congregaba la familia, en silencio. Yo aprovechaba aquel justo momento para apartarme, no a descansar porque a tal edad no se descansa, se continúa una tradición de penes erectos, masturbaciones y ansiedades cuya conclusión nadie es capaz de prever; se duerme siguiendo la costumbre de la noche en silencio y de los bultos quietos, arropados, confiados a la vida que hasta entonces los ha respetado.

Ocasionalmente algún sueño sangriento me acosaba, fragmentos huesudos y carnosos de cuerpos que flotaban entre el aire rodeados por un aura roja, bultos chorreantes que se precipitaban en un piso alfombrado y mullido y absorbente como una esponja. La recurrencia de estas imágenes, más que aterrarme me causaba una especie de temblor emocional, similar al que uno experimenta cuando es sorprendido cometiendo un delito y es señalado y acusado por el dedo de una autoridad estúpida que no sabe leer. Tal vez aquellos sueños grotescos guardaban cierta leve relación con el hecho, de por sí asqueroso, que Garrido nos relatara a Tomás, a Gerardo y a mí, cuando escondíamos el botín de piedras robado en la cisterna de una casa en construcción. Se puso hablador; tomó del piso un pedazo de tubería de cobre, Garrido, la colocó en su entrepierna y nos confesó que a la hora de masturbarse utilizaba un trozo de carne cruda con el que envolvía su pene mientras lo meneaba y machacaba antes de quedarse agotado y dormido.

—Es lo más cercano que hay a una vieja real, cierras los ojos y estás dentro de quien te imaginas.

—¿Y la carne tiene sangre? ¿Le escurre la sangre y cae al piso?

—No, claro que no. Eso es una cerdada, lo que importa es sentir, sentir… seeeentiiir. Y lo que se cae al piso es mi propio pito; casi me lo arranco —se ufanaba Garrido y cerraba los ojos, y sus pelos lacios, güeros, se congelaban cada vez que suspiraba a causa del placer rememorado.

—Yo lo hago, pero uso un *hot cake* y mantequilla.

—Yo meto el pito entre los dos colchones de la cama. Se siente real, y hasta duele un poco.

Y el recuento de técnicas eróticas continuaba, exagerado y bastante pendenciero. La única condición formal o técnica del cuento era que este resultara verosímil, pues si alguien inventaba que había metido el pene en un hormiguero, por ejemplo, de inmediato le caían golpes en la nuca, y patadas. Yo creo que nadie contaba la verdad, y cada uno de nosotros mantenía sus propios secretos, pero Garrido no se guardaba confidencia alguna; un tipo generoso, el *Garras*. Cuando afirmaba que se había masturbado enrollándose "la verga con el Kotex de mi prima mayor, Estela", le creíamos y nadie le rebatía los detalles, aunque estos pudieran ser invenciones o patrañas, aderezo en la ensalada, flores para decorar la mesa, minucias. Lo importante del relato se desprendía de que lo esencial, el centro, el hueso de la fruta fuera sólido y cierto, el resto aun irreal lo disfrutábamos.

Garrido crecía y se alargaba como no lo hacía ninguno de nosotros, y se encorvaba, y al caminar su cuerpo se ondulaba y latigueaba, como una meada carente de dirección precisa. Garrido, el menor de cuatro hermanos, tres hombres y una mujer; la anatomía de todos ellos apenas si mostraba accidentes o diferencias: los aires de familia, árboles torcidos, sonrisas chuecas, digamos, Amalia, Carlos, Alberto y Alejandro Garrido. Uno o dos años de diferencia mediaban entre el nacimiento de cada uno de ellos. Su padre, Alejandro Garrido señor, era productor de televisión estatal y en dos ocasiones invitó a su hijo menor a realizar pruebas en programas de concurso o de discusión juvenil, pero Garrido no sabía expresar su talento más allá de nuestro círculo, y en televisión palidecía, y sus ojos enormes, otra maldita vez, se atestaban de sangre dramática y muda. Se consideraba un fracasado, el residuo de su familia, un talento incapaz de extenderse hacia las masas. Y él nos confesaba abiertamente su temor.

—Me ponen frente a una cámara y me cago en los pantalones. No sé qué decir. Me da culé, culé.

—Cuéntales sobre tu amor apasionado por el bistec y los Kotex de tu prima, y te vuelves famoso de la noche a la mañana. El Martin Feldman más chaquetero de la historia de la televisión.

—¡Que nadie vaya por allí contando eso!

—¿Se imaginan a Garrido famoso? Dile a tu papá que invite al *Tetas*. Él no se acobarda como tú —propuso Herman, y seguramente pensó que aquello era una buena idea, una ráfaga de pensamiento creativo.

—¿Y yo por qué? —El *Tetas* se conformaba ya desde entonces con el fulgor de su propia fama.

—Anuncias champú y te vistes de vieja —Garrido no lograba extirpar a las mujeres de su cabeza. Y, además, deseaba que su amigo, Balderas, lo sustituyera en el camino a la celebridad.

—Que vaya tu hermana, Amalia, a ver si alguien la reconoce vestida, *Garras*.

—Ándele mi *Tetas* no se suba al carro. Deje usted a mi hermana en paz.

Cuando el *Garras* se dirigía a alguno de nosotros como *usted* ello quería decir que el juego había terminado. Su seriedad acompañaba sus palabras.

—Es una broma, *Garras*, pero sería de poca su madre que alguien de tu familia se hiciera famoso en la televisión. ¿O no?

—Mi papá organiza detrás de las cámaras. Es productor, no aparece en la pantalla, no le interesa. Dice que le deja eso a los payasos. Dice que enseñar la cara es como enseñar el culo.

—Ay, qué mamón, pero tiene razón, yo prefiero ver a *Mi bella genio*, que a tu jodido papá en la pantalla. ¿O no? ¿Y a ti por qué te llevó a enseñar el culo a la televisión? Ah, ¿verdad? Tenías cara de culo espantado.

—Yo casi no hablo con él —Garrido bajó el rostro, dramático e indefenso—. Si quiere saber de mí le pregunta a mi hermano Alberto. Pobre de mi hermano, lo han nombrado sargento, en la casa. Hay un cuartel militar allí. Él toma su misión muy en serio.

Garrido tomó un puño de tierra y lo acumuló en la punta de sus tenis; después despejó la tierra barriéndola con las manos. Y en seguida repitió la acción, como si sus dedos formaran un trascabo Caterpillar, eficaz e incansable. Nuestros lugares de encuentro resultaron a la postre ser innumerables y todos ellos en el espacio formado por el polígono de cinco o seis cuadras de Villa Cuemanco y Rinconada Coapa; en su área hallábamos el sitio más adecuado para hilar planes y comentar los pormenores del andar cotidiano: el cuarto de servicio de una casa a punto de estrenarse; el rincón de un terreno baldío al lado de una barda; al amparo de cualquier azotea cobijados por el cubo de cemento que albergaba los tinacos; el puente de cemento que cruzaba el canal de pruebas en Cuemanco, y hasta en los *dugouts* de la liga Mexica. Todos ellos magníficos agujeros en donde escondernos a murmurar y a intentar cortarnos las raíces que nos obligaban a permanecer atados a la tierra.

Las faldas perfumadas de Emma Bovary aguardaban mi llegada en las noches, después de las nueve o diez: de tal envergadura era mi secreto pasatiempo nocturno. Aunque nadie podría considerarme un lector preparado, yo comprendía la historia en palabras como lo hacía en el cine o en la vida real, y aprobaba la infidelidad, los engaños de la mamá de Tomás, de Emma, de mi adorada Emma cuya vida se veía sepultada por la avalancha de aburrimiento con que la cubría Carlos su marido, el padre de Tomás, Carlos Bovary y absolutamente todos los esposos idiotas del mundo concentrados en sus asuntos, en sus ciencias y negocios. Sólo entonces me hallaba dispuesto a aprobar su asesinato, la muerte del padre de Tomás, un crimen que permitiría la libertad de Emma Bovary sin ninguna necesidad de que ella bebiera de aquel maldito arsénico. Una vez difunto el marido mentecato, yo crecería y podría trabajar duramente, como lo haría cualquier obrero enamorado, para mantenerla y trocar su hermoso Maverick en un Mustang deportivo que ambos abordaríamos antes de tomar camino por la vieja carretera a Cuernavaca, y respirar la humedad del bosque. ¡Qué vida sería la nuestra!

Tomás Gómez, ajeno totalmente al amor que yo sentía y cultivaba hacia su madre, extrajo de la bolsa de su pantalón una cajetilla de cigarrillos Pall Mall y los ofreció a sus amigos. Había ensayado a conciencia su gesto cosmopolita y desenfadado frente al espejo cuando acompañaba el ofrecimiento de cigarros con la pregunta: "¿Alguien desea un cigarro?" Buscaba causar una gran impresión, lo sabía yo, él, todos. "Sus socios le envían a mi padre varios paquetes de esta marca, vienen de Estados Unidos. Son de lo mejor. También tengo Dunhill, pero no aquí conmigo. Tendría que ir a casa por ellos. Muy buen tabaco. Lo que se les antoje. Somos amigos, ¿no? Yo no podría permitir que tú fumaras Delicados y yo Pall Mall."

Habíamos charlado lo suficiente acerca de masturbaciones y aquel era el momento de completar la caricatura y fumar un cigarro, como si el semen no continuara reposando allí, en las pequeñas bolsas de nuestra entrepierna. ¿Por qué los pantalones de Tomás no se arrugaban nunca? ¿Carecía acaso de rodillas? Sólo un par de carrizos pálidos echados a sostener una caja torácica pequeña y una melena de caireles frondosa. Pasamos, entonces, de ser los fornicadores al aire a los fumadores reconfortados y expertos. Las caricaturas tienen el deber de desarrollarse y de cumplirse con tal de que la realidad encuentre alguna pepita de sentido en el mundo: niños que fuman como si fueran ya adultos consumados y exhalan espesas fumarolas. Sin embargo, esta infame y ridícula tradición humana fue quebrantada porque ninguno de nosotros, menores todos de quince años de edad, fumaba y, cosa extraña, a nadie parecía producirle vergüenza rechazar el ofrecimiento de Tomás. Fumar no significaba valentía, honor o madurez en nuestro efímero código de costumbres. Fumar sólo significaba *fumar*. Asuntos más importantes ocupaban nuestra mente, y ninguno de los reunidos en círculo —más allá de dar un par de caladas al cigarro y echar humo al aire— quería convertirse en un fumador consagrado. El tabaco nos importaba una rotunda chingada. La curiosidad que mostraba Tomás hacia el tabaco nacional o el importado no progresaba en el ánimo colectivo y nuestros pulmones habrían de mantenerse intactos chupando el aire puro del sur de la ciudad. Los adolescentes de Villa Cuemanco; los párvulos más sanos de todo el puto y jodido mundo.

En el mes de diciembre del 74, creo recordar que fue en el 74, un suceso trastornó nuevamente la vida de la escueta comunidad que habitaba el final del periférico. Era utópico creer que formábamos una comunidad aislada y eremita puesto que, en algún momento del día, casi todos nuestros padres y los vástagos nos veíamos obligados a abandonar la colonia e internarnos en la ciudad que el regente Octavio Sentíes Gómez y el presidente Luis Echeverría gobernaban a palos, pero que aumentaba su población a un ritmo de roedores enfebrecidos: metástasis, lepra, viruela del siglo XVI expandida en plena era de las secadoras automáticas, el Mustang Mach I y las sondas espaciales. Y más allá de nuestro terruño y cuadrilla al final del periférico el marino republicano, Richard Nixon, quien durante su campaña política había prometido a su pueblo "Ley y orden", abandonaba la presidencia de Estados Unidos acusado de violar el orden y la ley, e Isabela Perón se volvía presidenta argentina: ¿dónde chingados estaba Argentina? En nuestro mundo, el imaginado desde Villa Cuemanco, el sur lo encarnábamos nosotros y nadie más; Muhammed Alí derrotaba a George Foreman en Kinsasa, Zaire: *Alí Bumaye*: "Mátalo Alí", y la selección alemana de Sepp Maier, Berti Vogts, Franz Beckenbauer, Juergen Grabowski y Gerd Müller levantaba la copa del mundial de futbol en su propio país; pero nuestro diminuto territorio, sin embargo, se antojaba intocable, anarquista, ajeno a los trastornos políticos o a las noticias mundiales. El gobierno no se empeñaba ya en la culminación del periférico, el más importante proyecto vial del que se tenía noticias hasta entonces en el Distrito Federal, un círculo que ahorcaría la ciudad entera extendiendo en su superficie una soga de cemento. ¿Quién nos había abandonado allí, lejos del tumultuoso procreadero de mexicanos y demás porquería violenta, corrupta, innecesaria? ¿Quién?

Capítulo 11

Colonia Narvarte. Doy unos pasos y me ubico tras el ventanal del amplio comedor y encuentro que las cortinas blancas son en realidad grises o cenizas: la *blancura* ocurría en mi imaginación y no me había dado el tiempo necesario para comprobar que en realidad todo a mi alrededor era así, una enfermedad de mi imaginación. Las cortinas transparentes, como los párpados de un anciano, permitían ver la carne del cadáver urbano, expuesto allá afuera sin recato o precaución alguna, y divisar también a los gusanos que machacaban al cadáver y engordaban a sus expensas. Observo a través de los cristales las palmeras ahora gordas y desparpajadas sembradas en el camellón que parte la calle en dos desde el siglo pasado. Fue un acierto mudarme a la colonia Narvarte. Me complace vivir en un barrio en el que hay algunas tiendas o misceláneas anacrónicas, y donde hay además tintorerías, vidrierías, sastrerías, reparadoras de calzado y talleres mecánicos. Un escritor tiene el compromiso de contemplar a las personas, concentrarse en sus oficios, esforzarse y hundirse más a causa del esfuerzo. Hundirse en el cansancio, en la vejez y en sus efímeras satisfacciones. Y me complace, también, observar a la gente caminar apresurada cuando comienza la lluvia y los persigue con sus balas de agua y su escándalo, en apariencia indefenso. Tal vez una de esas personas que transitan apresuradamente en la acera es Garrido ya envejecido, o el obstinado Herman, nuestro *Negro* ya amargado y derrotado, incluso blanqueado por la decepción, ¡o el mismo *Tetas*, barbudo y enclenque que recoge piedras del piso y las lanza hacia los confines! Sí, ellos son los amigos de la adolescencia a quienes hace cuarenta años no he vuelto a ver y de quienes no he tenido noticia alguna desde que me fuera de ese barrio siguiendo los pasos de mi padre, quien también llegado el momento se largó y abandonó a su familia.

¿Por qué escribo acerca de ellos cuando tengo la sensación y la sospecha de que sólo se trata de sombras risueñas y letales que bailan en una imaginación manipulada? No lo son, ellos fueron las únicas personas tangibles y concretas que he conocido a lo largo de toda mi vida. A comparación de ellos, mis fugaces compañeros en la editorial son hologramas, o lugares comunes que fingen trabajar a cambio de un salario con el que ganarse la vida. De pronto me ha asaltado el miedo de perder dinero al rechazar escribir el libro sobre los automóviles deportivos que la editorial me propuso. Fui muy tajante y altivo: "Estoy de vacaciones y voy a escribir un libro personal". El libro de mis viejos amigos. ¿Cómo podría compararse una postura y vanidad tal con el serio trabajo de cortar y pulir cristal que realizan los expertos en la vidriería que abre a unos metros del edificio de departamentos donde yo vivo? Me quedaré sin dinero, pero terminaré la historia. "A huevo, mi Willy", me alentaría Garrido. "Chingón, mi Willy", exclamaría el *Tetas*.

Escucho las voces y los murmullos ansiosos que provienen de un mullido y confortable sillón de aquella época, y me convenzo de que tiene sentido continuar. No sé si fue en el invierno de 1974, o un año después, cuando ocurrieron varios acontecimientos que nos hicieron a todos algo adustos y sombríos. La época en que nos encerramos en la cavidad craneal de cada quien y, aun así, experimentamos al mismo tiempo y por primera vez la posibilidad del juego acabado y el comienzo de algo que no era precisamente un juego, sino el primer golpe a nuestra torpe y anómala juventud. Comenzábamos a *saber*.

¿Y una vez que culmine mi relato qué cosa sucederá? ¿Acaso llevaré las hojas recién escritas a los hombres que reparan neumáticos en la vulcanizadora vecina? Les diré: "Señores, mientras ustedes parchaban neumáticos y ponían a rodar las llantas averiadas, yo escribía acerca de un grupo de amigos que tuve hace cuarenta años y de cuya vida hoy no sé un verdadero carajo. ¿Les parece un trabajo honrado y digno? Yo no estoy seguro de ello, pero de cualquier manera, ¡aquí están mis hojas!"

Y los señores, vulcanos todos, fornidos y sucios, no querrán tomar en sus manos mis hojas por el temor a mancharlas, me echarán una ojeada curiosa, sonreirán no sin mostrar cierta confusión sentimental, entre sorna, sorpresa y un poco de desprecio, y volverán a sus actividades. No los envidio: que se chinguen, pinches jodidos, no pueden estar más jodidos que yo, y si lo están entonces he sido víctima de la más estúpida broma que uno es capaz de imaginar. Y si insisto en comunicarles que las hojas que llevo en mis manos consignan el hecho de que Sandra Cisneros acuchilló a su padre en un invierno de hace cuatro décadas, me pedirán que los deje trabajar en paz y me informarán, seriamente, que no conocen a ninguna Sandra Cisneros. Y añadirán que un hecho que ocurrió hace tanto tiempo no les interesa porque ninguno de ellos había nacido en aquel entonces y, además, ya tienen demasiados problemas y obstáculos para ganarse el pan de cada día. "Váyase usted, señor escritor, a chingar a su putísima madre y permítanos continuar desarrollando nuestro trabajo."

Tales divagaciones escurren como pus en mi frente, de pie, ante la ventana, yo, observando las palmeras y dudando entre tomarme una cerveza clara o una infusión potenciada por brandy, antes de continuar con la escritura de mi historia. Y así, nada más, siento de pronto la pedrada del *Tetas* y me da por olvidar los tragos, las infusiones y vuelvo a la mesa de madera que me sirve de escritorio desde donde observo el teléfono desconectado y un jarrón de flores sin flores, polvoso inclusive. Me desentiendo del brandy y la cerveza y comienzo a escribir:

A punto de la media noche de un sábado de diciembre, aunque no recuerdo bien si fue en 1974 o en 1975, yo creo que en 1974, aunque no sé, la balada navideña de la Coca-Cola se escuchaba entonces como el gran himno sentimental en la televisión y en los cines: "Hay que compartir / Quisiera al mundo darle hogar / y llenarlo de amor / Sembrar mil flores de color / en esta Navidad / Quisiera al mundo yo enseñar / la perfecta armonía / Con un abrazo y buen humor / y esta alegre canción".

Esa noche, sin embargo, no fue el comercial de Coca-Cola lo que escuchamos algunos inquilinos del residencial, sino que, hasta la planta alta de mi casa, llegó el llanto de la artista, la madre de Sandra, la vecina vedete a la que mi padre gustaba espiar, y a veces yo también, pero desde la azotea: el objeto del morbo obrero, humano y juvenil.

Y pensar que yo guardaba en mi clóset dos pantaletas de la famosa artista que me había robado en una de las ocasiones en que estuve en casa de Sandra. Ratero de calzones, ¿es eso un oficio reconocido? Sí, una habilidad envidiable, después de tender mi cama lo que mejor realizo en la vida cotidiana —¿hay otra clase de vida además de la *cotidiana*?—, es robar calzones de mujeres. Y no los colecciono, creo que no he sido yo jamás mezquino ni avaricioso, ¿coleccionar? ¿Un hurón, yo? En cambio, sí que era capaz de comerme esos calzones dentro de una telera recién salida del horno. Perder la dentadura a causa de desgarrar la tela de las pantaletas femeninas. Un sándwich de pantaletas y una Coca-Cola fría, carajo, ¿lo hice en realidad? No. De lo único que puede acusárseme es de haber sido un humilde ladrón de pantaletas. A diferencia de otras ocasiones en que la madre de Sandra se expresaba a gritos y tiraba maldiciones al viento, o se recostaba desnuda y ebria en el césped de su jardín, o se despatarraba en una silla ataviada sólo con una delgada bata nocturna que colgaba de sus hombros, esta vez su llanto fluía ausente de teatralidad, como el murmullo de un buque en la noche, o el viento del huracán imaginario que penetra las paredes y se instala en los oídos de los insomnes. ¿Sucedió así, tal como lo escribo ahora? No lo sé, es posible que sí, y también puede ser que un silencio mayor al de una caverna abandonada se montara en casa de Sandra y la mujer no llorara más que en mi imaginación, la cual en ese momento se hallaba seriamente perturbada porque sabía ya que Sandra le había clavado a su padre, el alto funcionario de Nacional Financiera, amigo del presidente Echeverría, un cuchillo en el cuello que, a la postre, según las primeras noticias difundidas en Villa Cuemanco y Rinconada Coapa, primera y segunda secciones, le había causado la muerte. ¡A la chingada se iba el viejo defensor de pobres!

Para llevar a cabo su crimen bajo el brillante auxilio de la luz del día, Sandra, había elegido la mañana del sábado, cuando su padre charlaba a viva voz con algunos otros socios del Club Tepepan. Discutían, enconados, acerca de los beneficios del financiamiento público a las pequeñas empresas; él, el padre de Sandra, sentado en una silla al lado de la alberca y forrado de su uniforme blanco, propio del tenis, y sorbiendo un jugo de zanahoria al que le añadía, regularmente, unas gotas de fernet. "Lo que el presidente quiere es que el Estado no abandone a las empresas que son incapaces de crecer por falta de recursos y no logran garantizar el bien a sus trabajadores. ¡Ellos son los que nos importan! ¡Los trabajadores! Hoy ya nadie espera que esta labor social la realicen los bancos, ¿verdad? Los bancos son nidos de usureros."

La voz del padre de Sandra se extendía hasta la alberca, el comedor y las canchas de arcilla; a esa hora, la más concurrida de la semana, once de la mañana de un sábado, ocupadas en su totalidad. El alto funcionario, pese a su estatuto social, esperaba su turno para ocupar la cancha de tenis número cuatro, su preferida. La alberca estaba también concurrida y, por otra parte, los golpes de la pelota de frontón contra la pared se colaban entre el rumor de voces chismosas de los socios del club.

Sandra se había zambullido y luego nadado varios minutos en la alberca, estilos dorso y mariposa. Después de salir del agua había tomado el sol en el jardín, a un lado del restaurante. En la cocina de este restaurante, a la que entró sin pedir permiso, ella tomó el cuchillo de hoja de acero y mango de madera que el cocinero utilizaba para deshuesar la carne. Entró a la cocina y dijo: "Necesito esto, ahora se los devuelvo". Llevaba húmedo aún el traje de baño y calzaba unas sandalias verdes cuya pátina se camuflaba en el césped color chícharo. Se acercó a su padre, le dio un beso en la frente y, en seguida, le enterró la hoja del cuchillo en el cuello, casi en la nuca, entre el cabello negro y oloroso a loción Pierre Cardin. Sandra no solía gritar ni llorar; las lágrimas en su familia le correspondían de forma exclusiva a la madre, quien las había arrebatado al resto de su familia sin mostrar pudor alguno por ello. Sandra lo hizo, el ataque, como parte de una rutina muchas veces confeccionada en su mente, casi bostezando, un golpe venido de la memoria perfecta: la piedra de Gerardo, la lengua de Tomás, el cuchillo de Sandra, el insulto de Fernando, el bistec de Garrido.

Después de la estocada al bulto paterno, Sandra volvió sus pasos al restaurante con el fin de devolver el cuchillo que no llevaba en las manos. "Ay, lo olvidé allá afuera, su cuchillo", le explicó al cocinero quien ni siquiera la miraba, asombrado y distraído a causa del barullo y gritería que provenían de la alberca. En seguida, tomando el teléfono que reposaba junto a la caja registradora, y observada por la mirada temerosa de los meseros y la anciana cajera, Sandra llamó a Tomás, aguardó a que le pasaran la bocina y una vez que reconoció la voz de su joven amigo le dijo: "Ya lo hice, querido. Cumplí y espero que ustedes no sean cobardes. Visítenme en la cárcel, cairelitos".

Algunos miembros y asiduos al Club Tepepan habitaban los fraccionamientos de Villa Cuemanco y de Rinconada Coapa. Varios de ellos presenciaron el ataque de Sandra contra su padre y la noticia se diseminó fluida, sin más obstáculos que el tiempo y la imaginación de cada quien; un hecho normal porque, en realidad, nadie está muy dispuesto a creer en la fidelidad o exactitud de los hechos, y cada testigo acostumbra añadirles semillas de su propio costal, no es nada nuevo, como los agricultores que siembran, abonan y cosechan sus propias hortalizas y las ofrecen en el mercado llenos de orgullo, las hortalizas son su versión de los hechos, su aportación, su huella, su singularidad, aunque las cebollas continúen siendo cebollas. Hubo quien llegó a decir que Sandra le había cercenado la cabeza a su padre, como Judith a Holofernes, y la había luego tirado en la alberca aún chorreando sangre.

Tomás, al enterarse, se paralizó y sus pelos se volvieron de cera dura; su atolondramiento se debió a que no había comprendido del todo las palabras de Sandra: "Ya lo hice, querido. Cumplí y espero que ustedes no sean cobardes. Visítenme en la cárcel, cairelitos". Se habían hermanado en sus planes de asesinato pero Tomás no había decidido realizar ningún crimen, un pequeño hombre de trece años que carecía absolutamente de arrojo y determinación. Más bien temblaba, titubeaba y sus caireles dorados y pelirrojos caían decepcionados desde su cabeza y se acurrucaban en sus hombros.

Los rumores disparatados y demás bestialidades que se propagaron durante aquel fin de semana dieron pie a una reunión urgente entre los amigos que ya formábamos la diminuta familia de la colonia Villa Cuemanco. Esta vez la reunión se concentró en la obra negra que meses más tarde sería el hogar de nuestra futura amiga, Rocío Arciniegas, la *Shark*, como fue bautizada veinte minutos después de que la conocimos a causa de los frenos metálicos que contenían su exuberante dentadura. En aquella obra inacabada en la que más tarde viviría la *Shark*, gozábamos de las comodidades e intimidad necesarias para llevar a cabo la urgente junta. Una acusación se antojaba inminente. La realizó Herman, nuestro pinche *Negro*, y fue directa al cráneo de Tomás.

—¿Ya ves, cabrón, por andar con tus pendejadas? Ahora hay un muerto.

—No se murió, está internado en el hospital —dijo Tomás y aguardó, receloso, nuestra reacción—. Sandra es mayor que yo y sabe lo que hace. Además, las viejas del Olinca están locas. Yo cerraría esa escuela. Primero clausuraría el puto *Lesbionac* y después el Olinca.

—Tú comenzaste con esa puta chaqueta mierda de matar a nuestros jefes, pinche Tomás. Es mejor que nadie abra la boca porque pueden acusarnos a todos de conspiración.

—Ustedes son mis amigos, son más que mi familia. No sean cabrones. Yo no maté a nadie, no sabía que Sandra...

—Ya te conozco, pinche hipócrita. Tus pelos son señal de muerte y películas de terror. A ninguno de nosotros se nos habría ocurrido una idiotez como la que tú inventaste. Matar a tus papás, no puedo creerlo, pinche mal agradecido, me habría gustado verte a los seis meses de nacido y que nadie te cambiara los pañales, culero —dijo Herman.

—A mí se me ocurrió primero, lo de matar a los papás y ser libres —sumó Garrido. Creo que no reflexionó un instante siquiera en lo que acababa de afirmar, pues todavía no aquilataba a fondo el peso ni las consecuencias de la situación. La desgracia en boca de niños se deshace como un hielo bajo el paladar.

—No, no... Tomás no va a decir nada —agregué yo—. Está muerto de miedo, más muerto que el papá de Sandra...

—¿Se murió o no el pinche papá de Sandra? —preguntó el *Tetas*. Las noticias venidas de todos los puntos cardinales nos confundían. ¿Quién sabía la verdad? ¿Hay alguien en este mundo que conozca la verdad, aunque sea sólo una vez, aunque sea sólo con el fin de callarnos, tranquilizarnos y ponernos inmediatamente a rezar como acólitos mediocres y amilanados?

—Sí, dicen que el agua de la alberca se puso escarlata de tanta sangre que chorreaba el muerto. Como si hubiera menstruado una elefanta. —La metáfora fue de Tomás. ¿Existía entre nosotros algún otro que exhibiera tal poder creativo?

—¿No lo ven? Este pinche loco es un enfermo. ¡Una elefanta menstruando!, no mames —añadió Herman.

—No, este pinche enfermo está loco —corrigió el *Tetas*. Una nueva Academia de la Lengua comenzaba a formarse.

—No murió, el padre de Sandra se encuentra ahora en terapia intensiva. Va a salvarse. —El que habló en esta ocasión fue el Séneca de la colonia, el meditabundo y prudente Ramón García. Había permanecido callado durante el tiempo que duraron nuestras especulaciones y nos escrutaba a través de su mirada de sabiduría repentina y parca. Parecía estar muy cierto de lo que decía. De pie, y recargado en un muro, apenas si se le descubría el rostro, como si su cabeza hubiera sido cercenada por un filo de sombra. Pero allí estaba. Y sabía la verdad.

—¿Y Sandra?

—No hay nadie en casa de Sandra. Mantienen las luces apagadas. Se la llevaron y nadie sabe tampoco dónde quedó la familia. Mi padre también estaba allí, en el club, y vio todo. La herida no fue grave. El viejo se salvará.

—Yo oí a su mamá llorar ayer en la noche —dije, y me arrepentí, porque de alguna forma el sollozar de la madre de Sandra resultaba un episodio íntimo que no tenía por qué ser revelado: me pertenecía. La presencia de todas nuestras madres era omnipresente.

—Yo estoy comiendo mucho pan y dice mi mamá que eso significa que "vienen desgracias".

—¿Qué tiene que ver comer *mucho pan* con lo que estamos hablando en este momento? ¿Eres un idiota o qué? Si no me explicas por qué hablas de pan, ahora mismo te doy unas patadas. —Herman no solía enojarse de manera ostentosa, mas el juego de ideas, imágenes o palabras de Tomás, exacerbaron su mal humor.

—El pan trae muerte —remató Tomás. No daría un paso atrás.

—¿Por qué trae muerte? Los judíos vivieron sólo de pan muchos siglos. Toma esto, pendejo —Herman le zumbó una patada al buen Tomás—. A ver si aprendes a callarte, y más cuando tú eres responsable de lo que está pasando. Pensar en sangre trae sangre.

—¿Judíos? Cristo repartió panes y vinos también, pinche Tomás.

—¿Y no lo crucificaron? Yo no soy responsable de nada. Y tu madre es una puta que come pan negro. —Tomás intentó devolverle, en vano, la patada a Herman. Sus patadas eran más bien estertores de un casi muerto. ¿A quién le asustaban las patadas de Tomás? A nadie.

El padre de Sandra, el acuchillado en alguna región del cuello no especificada; el afrentado funcionario socialista a quien su mujer gustaba llamar "gusano prieto", no murió pero la familia entera desapareció del barrio dos y medio meses después de volver a llevar una vida en apariencia normal. Los ricos pueden desaparecer cuando quieran. Dicen *vámonos* y eso significa *vámonos*. Los pobres, en cambio, desaparecen solamente cuando se mueren o enferman de hambre; su lema es: "Nacemos desaparecidos". Tales descripciones y relatos los profería mi madre, quien no desperdiciaba oportunidad para hacer la crítica de los vecinos supuestamente ricos (qué idea tan ingenua o cándida teníamos en mi casa de lo que significaba la riqueza).

Sus diarios quehaceres, los de mi madre, no le impedían aflojar la lengua, despotricar contra el todo, ni desatender a los ruidos callejeros que alteraban sus nervios y su tranquilidad. Poseía una capacidad sorprendente de escuchar cualquier rumor: el llanto de una pulga o el coito entre las cucarachas, el craquear de las capas tectónicas que anuncian el acomodo de la tierra o el vuelo de un ave en picada. Y para no descuidarse contaba con la ayuda de Isabel, una mujer madura y cautelosa, de brazos regordetes y dotada de una energía avasallante que se aparecía unas horas en casa todos los días. Y además de Isabel, mi madre gozaba del auxilio de la superaspiradora de alfombras que hacía más sencillo el arduo y en gran medida inocuo y muy poco divertido trabajo casero.

Ella, mi madre, no estaba dispuesta a escuchar lo que escuchaba, quiero decir que no se hallaba interesada en enterarse formalmente de los sucesos ocurridos a su alrededor, en verdad, su abulia hacia los murmullos del mundo no tenía nada que ver con la agudeza de sus sentidos ni la constante alteración de sus nervios. Lo que sucedía es que ella había sido dotada de varios sentidos extras y le resultaba imposible no escuchar. Sus oídos proliferaban y volaban hacia los destinos más incómodos y apretados. Y hasta que el ruido, o murmullo, la conmocionaba a causa de razones que sólo ella podía explicar, hasta entonces se dignaba a opinar o a dar rienda suelta a su manía venenosa y crítica. La bondad y el veneno son un matrimonio impredecible y desorientador. En el espíritu de mi madre se imponía la bondad, en su lengua el veneno. Se atrevía a considerarse una mujer *pobre* cuando su marido había contratado a una sirvienta a su servicio. De cualquier manera, continuaría quejándose aunque tuviera a su lado a una decena de mayordomos y palafreneros. "¡Somos pobres! ¡Somos pobres!" Al pasar el tiempo me di cuenta de que su obstinación podía valorarse como una estrategia de supervivencia, un estar en guerra continuo, pero durante aquella época no la comprendía; un ejote no tiene idea de lo es una sopa de ejote. ¿O sí?

Dos semanas después de lo que nosotros, los amigos del barrio, denominamos, colmados de inventiva, *sábado sangriento*, y luego de que Sandra se reveló a nuestros ojos como la más perfecta y refinada Linda Blair de la que hubiésemos tenido antes memoria, mi padre se apareció en casa guiando a un mono araña que habían traído especialmente para él desde los confines de la selva de Chiapas. ¿Para qué? Regalos excéntricos a costa del medio ambiente y la ecología que, en esos años, a nadie le importaban gran cosa.

El progreso se centraba en la protección de los trabajadores, no en el cuidado de los árboles, la atmósfera o la selva. Descendió de su auto mi padre y su 1.75 metros de estatura, su nariz chata apuntando al futuro y su cabello negro y tenuemente rizado; saltó ágilmente de su Ford Galaxie negro cuyo claxon, al sonar, repetía la tonada de *El padrino*, la película que dos años atrás lo había trastornado, a él y a sus amigos; abrió la jaula que reposaba en el asiento trasero y jaló de una reata de cuero atada al cuello del animal. "Es un obsequio de un empleado de la compañía… el mono es inofensivo. Este mono vale en el mercado negro cerca de veinte mil pesos".

Como he recalcado antes, quizás hasta la exasperación y el desatino, mi familia —es decir *mi sangre*— provenía de un barrio en donde el progreso solía ser una esbelta gaviota blanca que volaba muy lejos de sus grises azoteas, callejones y muros despostillados; por lo tanto, podía considerársenos, a los individuos de mi familia —es decir, *mi sangre*— seres convencionales, comunes, ideales para despeñarse en una barranca, personas que en las noches pegaban los ojos a la televisión y, enraizados en un sillón de la sala, sonreían plenos de una felicidad tan concreta y homogénea como una roca volcánica; seres humanos que carecían de una vida extraordinaria o aspirante a ser novelada y que sólo el domingo salían en pandilla a ejercer su santo derecho a la recreación. En una novela de Joseph Conrad incluso la hoja de un manglar ocuparía un lugar más importante que nosotros, *mi sangre*, mi familia sentada alrededor de la mesa comiendo sopa de tortilla, de fideo, crema de chícharo, milanesas, ejotes mezclados con huevo, picadillo de res, adobo de cerdo, arroz con plátanos fritos, mole pipián, espinazo de res, albóndigas al chipotle, mole de olla, salpicón, chiles rellenos, croquetas y puré de papa. Y gracias a las energías que absorbíamos de todos estos alimentos es que podábamos el jardín cada quince días, abonábamos la tierra en la que crecía el pino y los rosales, regábamos las hortensias y dejábamos una imperceptible cicatriz en el rostro del mundo.

¿Un jodido y asqueroso mono araña se sumaba a *mi sangre*? Gracias a la simplicidad de nuestras vidas teníamos derecho a preguntarnos, ¿qué retorcido significado ocultaba la presencia de un primate en nuestro hogar? ¿Qué intenciones cultivaba el jefe de la parentela al traer un mono araña a la madriguera en que vivía su familia?

Es probable que su cargo de gerente administrativo en la compañía Editorial Alehua, cuyo propietario había resultado ser, también, un rico empresario dedicado a la exploración de mantos petroleros, trajera aparejado consigo nuevas y extravagantes aficiones con que animar el trajinar cotidiano. Ya cuatro o cinco años antes, mi padre había sido contratado como gerente nocturno de un cabaret, el Forum, y en aquel entonces, alrededor de 1969, en cualquier mañana, podía aparecer encima de la primera consola Stromberg Carlson de nuestra propiedad, el disco firmado por la mano de cualquiera de las estrellas que actuaban una temporada en aquel cabaret. Acetatos de 45 y 33 revoluciones que contenían las creaciones de artistas famosos provenientes de Las Vegas: Billy Joe Thomas y su taladrante *Raindrops keep falling on my head*; Leo Acosta; Samy Davis Jr; Flavio; Sergio Mendes y su Brasil 66, Charles Aznavour; y nuestros favoritos, The Monkees, cantando "I'am a believer": "Not a trace of doubt in my mind".

De acuerdo, aquello suponía un progreso en sus múltiples oficios, pero un mono no había sido previsto y carecía de lugar entre nosotros: ya teníamos una perra pequeña, gorda y apacible, Reina, se llamaba la puta perra. Y mi hermana cuidaba de una rata blanca a la que llamaba Jenny. Una rata, nada menos. Miríadas de topos merodeaban incansablemente bajo la tierra y las golondrinas colmaban de huevos los nidos que ellas mismas se fabricaban en los rincones más confortables del exterior de la casa. El mono, erguido, alcanzaba casi los cuarenta centímetros y su pelambre negra y lacia le cubría el cuerpo entero, excepto la panza. Una panza desagradable y rosada, sus ojos sicodélicos, las pupilas en espiral y una cola larga que parecía de perro callejero, escueta y sucia: eso era el animal.

"Ninguno de nuestros vecinos podría presumir una mascota similar —mi padre realizaba graves intentos a la hora de hacernos creer en la importancia social que traería consigo el advenimiento de aquel engendro—; si lo atamos a una larga correa y le permitimos pasear en el jardín, vendrá a admirarlo gente de los residenciales cercanos. Nos vamos a transformar en la familia más famosa de esta colonia. Creo que deberíamos cobrar por la nueva atracción." ¿Cobrar? Lo decía en son de broma, mi padre, y en busca de nuestra aceptación, sí, pero él carecía de talento para bromear, le faltaba gracia y, por lo regular, sus bufonadas causaban el efecto contrario al deseado y sonaban a mal augurio. A cada palabra de mi padre, la rabia de su mujer aumentaba y el ácido disolvía en su boca las palabras antes de que éstas se convirtieran en aire y significado. Y el asombro de mis hermanos y el mío crecían. ¿Una mascota? ¿Un negocio y motivo para despertar la envidia de estúpidos venidos de otras colonias? ¿Admirar a ese culo con pelos? Los límites de la vergüenza habían sido rebasados.

—Tú y el maldito chango se largan de mi casa ahora mismo. Llévate eso de aquí, aunque tengas que volver con él a la selva y dejarlo en los árboles otra vez —adujo, guerrera, mi madre. Nos dio la impresión de que estaba comportándose algo radical y exagerada. El animal podía quedarse unos días más. No le hacía a nadie algún daño considerable. ¿O acaso iba a sustituir a su marido y dormir junto a ella?

—No seas así, mujer, por favor, ¿ustedes qué piensan, niños? ¿No les parece un animal en verdad chistoso?

—Es horrible y patético… y bochornoso —espetó Norma, casi guiada por un diccionario en mano. Su afición a las palabras rebuscadas comenzó más o menos desde aquel entonces. Tenía diez años u once años.

—¿Quién te enseña esas palabras? No has dicho más que tonterías que ni siquiera sabes lo qué significan. —Así atacó, ceñudo, agrio mi padre. Él se mantenía de pie, sus

1.75 metros de estatura yendo de un lado a otro de la estancia. El resto había ocupado cada quien una silla del comedor. El patriarca de la familia comenzaba a impacientarse y sabía ya que debería hacer uso de su autoridad si deseaba que el mono pernoctara al menos una noche en casa. Él siempre podía recurrir a La Autoridad.

—Me da un poco de miedo que un mono entre a la familia. Muerden y traen rabia. Y se masturban en público —opiné yo. Se me había solicitado mi parecer y mi obligación no era otra que ser totalmente sincero; practicar la honestidad cuando La Autoridad me lo exigía.

—¡No hables así, imbécil! ¿Estás enfermo? Es un cabrón y estúpido animal, no un humano. Es sólo una mascota. Eres tan negativo como tu madre.

La negatividad, ¿podía considerarse la imputación de la negatividad un insulto? ¿Y la fuerza electromagnética en qué lado de la bondad se instalaba?

—Que se quede. Yo lo cuido. —La exclamación de mi hermano inclinó la balanza del lado de las bestias. Quizás su propósito era, nada más, llevarme la contraria y obtener algunos galones más por obsequio de mi padre: La Autoridad.

La estancia del mono araña no duró más de tres semanas, pero yo lo asocié a un mal augurio; a los golpes futuros; al charco de aceite que te hace resbalar y caer de nalgas; a los arúspices ebrios; a las putas mala leche; a las pitonisas encueradas y a su infalible clítoris premonitorio. El animal no se adaptó tampoco a su nuevo cautiverio, su nerviosismo poético nos perturbaba y dentro de casa agredía a nuestra indefensa perra, la enfrentaba, la insultaba por medio de gruñidos chillones y le arrancaba mechones de pelo; y en seguida huía y se columpiaba utilizando los festones de las cortinas a manera de lianas. ¿Qué clase de espectáculo mal oliente era aquel? ¿Un pedazo de carne, mierda y pelos volando y agitándose por los aires de nuestro hogar? Cuando lograba desatarse, acción nada difícil, y no había nadie en casa vigilante, el mono se dirigía directamente a la cocina, casi hipnotizado, y extraía todos los objetos posibles del refrigerador, derramando líquidos y propiciado un desorden parecido a una ciudad entera, a un estadio ocupado por cadáveres: absoluto desmadre simiesco. Latas de crema, barras de mantequilla, cartones de leche, huevos, yogur y verduras se desparramaban en el piso de piedra pulida. Le habían bastado sólo unos cuantos días —después de observar atentamente el comportamiento de los seres humanos, sus antepasados, claro, contra todo lo que sostenga la *evolución*— aprender a abrir la puerta del refrigerador y extraer del interior algún alimento. Como castigo, el chango fue enviado al jardín, lugar que mi madre le había negado desde el principio justamente por las razones contrarias a las que había esgrimido su marido. Ella argumentaba: "Seremos el hazmerreír de los vecinos y, sobre todo, no quiero que ningún idiota venga a husmear a mi casa. Así es como llegan los ladrones".

Atado a las rejillas exteriores del jardín el mono aguzó sus habilidades y extrajo, también con la pericia de un cirujano, la correspondencia del buzón, rompiendo, desgarrando, tragándose las cartas que el cartero depositaba en el cajón metálico. Al césped y al estómago del animal fueron a parar un recibo telefónico, dos cuentas de banco y una postal que mi tía Rosario nos enviaba desde Stockton, California, entre algunos otros papeles y documentos. Estábamos en presencia de un depredador sagaz y genuino, un hombre hecho y derecho, el mono araña trasladado de la selva chiapaneca a los confines del periférico en la Ciudad de México.

Relato los pasajes anteriores tal y como acontecieron gota a gota (así nada más, quitado de la pena, despreocupado del estilo y las formas bellas), andanzas nimias y de menor interés que los lanzamientos espaciales fomentados por la NASA, las devaluaciones del peso o el tricampeonato del Cruz Azul. Desempeñábamos papeles incluso muy secundarios en la vida nula de los seres y de las cosas que sólo acaecen y en seguida se dispersan y retornan al silencio. ¿Y qué? ¿Cómo es que algo que ya ha sido podría ser de otra manera? Sucedieron otros eventos similares y ordinarios que evitaré narrar por pura vergüenza y pudor repentino. Sin embargo, en lo más profundo de mí una certeza comenzaba a aflorar entonces, no un presentimiento vago, o una teoría adolescente o semiteoría, sino una verdad que se imponía desgraciada y contundente: el mono aquel había aparecido dotado de un propósito muy claro; ser uno de los nuestros, un Herman, un Tomás Gómez o un Ale Garrido: venía a recordarnos que los primates atorrantes y feos, destructores, aprendices y ejecutores del mal no se marcharían nunca de la tierra. ¿Qué oportuno meteorito podría extinguir a bestias como nosotros? No había ninguna posibilidad de ello pues los monos se preparaban ya para habitar, en algunas décadas o centurias más, otros planetas y galaxias.

Los monos araña sobrevivirían a cualquier meteorito devastador, a cualquier explosión solar e incluso al vómito astral y espiritual que Dios lanzaba encima de nosotros, los monos araña, todos los días, haciendo gala de una pulcra exactitud. Y vamos si Dios posee un estómago suficiente y amplio y emotivo cuando se trata de vaciar sus divinos intestinos. Sus arcadas se escuchan monumentales a cada minuto en toda región del mundo, y los charcos ácidos de sus vísceras se expanden más vastos que los propios mares. ¿Y los monos? ¿Qué hacen los monos mientras Dios vomita nuevas y cada vez más bellas vías lácteas en el universo? Rascarse la panza y jalarse el pellejo culpable de su proliferación en el mundo.

Al principio de su estancia en nuestro refugio familiar estábamos seguros de que el animal era una hembra y lo bautizamos en consecuencia de manera provisional; le llamamos Viviana, la changa Viviana, pero al sucederse unos días descubrimos en ella una voraz pasión amorosa y frontal hacia mi hermana. Descubrimos el enamoramiento en la mirada deseosa y atónita del mono cuando —¡él!— la observaba andar de un lado a otro de la casa, así que buscamos su minúsculo pene y allí estaba el maldito hijo de puta escondido como una garrapata entre sus muslos bajo su barriga asquerosa. Un embaucador al que en seguida y por iniciativa de mi madre llamamos *Timador*. Y ese mono embaucador no se hallaba dispuesto a integrarse a ninguna civilización, había nacido en la selva y allí mismo moriría y abandonaría sus huesos. Antes de que el mono se transformara en discípulo de una civilización, las ciudades se transformarían nuevamente en selvas, sábanas, mesetas y lagos. Antes de que todos los timadores monos araña del mundo se civilizaran y lograran respetar el buzón y el refrigerador ajeno, la comida de los demás, las hermanas de sus anfitriones, la tranquilidad del resto de las especies, antes de que eso llegara a suceder, la tierra desaparecería del mapa infinito. Los monos, mexicanos, corruptos, irrespetuosos, tragones, culeros habían llegado a quedarse en la tierra para echar abajo cualquier clase de utópica civilización. Y me dirán que teorías o fantasías como la mía no las puede construir un niño. Claro que sí, ¡Puta madre! ¡Claro que sí! Las soñaba despierto sin necesidad de ninguna refinada verborrea porque sabía que las palabras llegarían en el futuro, tarde o temprano, y ya desde entonces las bosquejaba presa de un miedo anormal que se plantaba en mi estómago para echar raíces.

Capítulo 12

Volver sobre sus pasos lo llevó a encontrar razones prudentes y luego de habernos impuesto la presencia de un mono en casa, mi padre sopesó correctamente el asunto y tomó la determinación de donarlo al Zoológico de Chapultepec. Fue hasta entonces cuando el muerto, el verdadero, el único cadáver genuino apareció en el llano, al filo de la avenida Cañaverales, tendido en la tierra porosa y sobre los hoyos que producían los topos al escarbar, y la majada seca y amarillenta de las vacas que procedían de los establos más próximos a nuestras casas. El muerto que aguardábamos insuflados de tan fresca y necia ansiedad afloró de la tierra, el muerto por el que todos nos relamíamos los bigotes de gatos flacos, acechantes y deseosos de comer pescado.

La muerte, finalmente, no pasó por manos de Sandra, cuyo padre sobrevivió al ataque de su hija en el club deportivo, ni tampoco de Tomás, ni siquiera de Garrido que, en un desplante de fanfarronería, y pasando por encima de los efímeros derechos de autor que se había ganado Tomás, se adjudicó la idea de asesinar a todos nuestros padres y así alcanzar una libertad todavía más estúpida de la que ya gozábamos en aquel entonces; no fue ninguno de ellos quien nos llenó el plato de croquetas, fideos y comida fresca y morbosa. El cadáver no se debió a la filantropía de ninguno de los sospechosos, sino a la de Gerardo Balderas, el *Tetas*, nuestro héroe, novio oficial de Rosina, la adolescente más bella, lánguida, linfática, pulcra e hipócrita de la segunda sección de Rinconada Coapa.

Gerardo Balderas sí que podía aspirar a ser novio de Rosina porque había sido el mejor pitcher que la liga Mexica viera aparecer en sus montículos desde su inauguración; el más guapo y melenudo adolescente de los 98 puntos cardinales que ordenan la mente de cualquier genio. Él nos obsequió un fiambre y nos entregó, a Herman y a mí, un secreto que guardamos hasta ahora que ya no existen más uñas fuertes y puntiagudas con las que hurgar en el pasado. He allí algo difícil de mantener en su lugar preciso, el secreto entre adolescentes; los adolescentes son acaudaladas lenguas erguidas, listas a expulsar murmullos, miedos y exclamaciones: a veces la lengua estalla y se vacía del contenido, en otras ocasiones la lengua retrocede y los niños se la tragan y si acaso murmuran con los ojos.

Nos habíamos trepado al techo de aquella casa a medio construir, una obra negra de cara a la calle o avenida Cañaverales. Habíamos escalado hasta aquel sitio, cada quien por una ruta distinta: Herman, Alejandro Garrido, Gerardo Balderas y yo. Y parloteábamos, ejercíamos el bla bla pendejo bla bla no mames bla bla bla no chingues bla bla bla, acerca de un suceso ocurrido en la mañana. Nadie nos escuchaba:

—Malditas monjas. Hubieran pedido la ayuda de Dios y dejar los llantos, ¿por qué lloran las monjas si tienen a su Señor? —Tal fue mi blasfemia.

—¿Son monjas verdaderas? Es muy fácil disfrazarse de monja.

—Sí, pero éstas deben tener diplomas. Si no tienes un diploma no encuentras trabajo; ni siquiera en una iglesia.

—Tú podrías trabajar como limosnero, güey, y no necesitas diploma, sólo tienes que extender la mano y rezar para que alguien te pegue con saliva una moneda en la frente. Y que nadie se burle de Dios, mi familia es católica.

Como decía antes, la charla se centraba en los hechos acaecidos durante aquella mañana cuando arriamos a casi setenta vacas hacia el patio central del colegio Lestonnac. En la avenida Cafetales, y a sólo tres cuadras del periférico, se ubicaba el establo que ocupaba al menos mil quinientos metros cuadrados de superficie; un viejo establo que al andar del tiempo había sido ahorcado por los complejos residenciales y las calles pavimentadas y amplias. El control del negocio sobreviviente estaba en manos de varios hermanos, y Toño, el menor de ellos, nos pagaba cien pesos a cada uno de nosotros si nos presentábamos a las cinco de la mañana dispuestos a realizar labores sencillas como recoger la majada del ganado, poner orden en el pienso y, a veces, si los hermanos de Toño el *Solitario* —así lo apodábamos— estaban de acuerdo y lo permitían, ordeñábamos a una o a dos vacas. Más tarde liberábamos a los animales de su encierro y los guiábamos a pastar durante el transcurso de una mañana entera. De nueve de la mañana hasta rebasado el mediodía, los animales pacían al aire libre. Así que cuando requeríamos algo de dinero extra le solicitábamos trabajo a Toño, el *Solitario*.

—¿Y ustedes para qué quieren trabajar si son gatitos de angora? —Dudaba Toño, y sonreía torciendo sólo la mitad de sus labios. La otra mitad de su rostro rojizo y moreno permanecía inmutable.

—Nos ha salido un asunto —respondía yo.

—Si me meten en problemas, sus papás me van a cerrar el establo.

—Nosotros somos tus amigos, Toño, ¿qué problemas te vamos a dar? Si nos cogemos a una vaca ni lo vas a notar —añadió el *Tetas*.

—Payaso escuincle. Está bien, pero les voy a pagar igual que a cualquiera, aquí no hay privilegios. A mí me importan mis vacas, no las personas.

—A nosotros también, Toño. Faltaba más.

Dejábamos la escuela uno o dos días y nos hacíamos de cien pesos cada quien. Dos de nosotros era un número suficiente para guiar a los animales al descampado, y si Gerardo se unía a la cuadrilla entonces el asunto se volvía muy sencillo, pues él mantenía el orden en la manada lanzando sus piedras. Si una vaca se alebrestaba y abandonaba el grueso del contingente, o tomaba una dirección distinta a la prevista, entonces una piedra en el lomo le recordaba a la puta anarquista bovina cuál era su destino. Tal y como es en lo que insistimos en llamar *vida real*: no hay ningún misterio en ello. A pedradas se nos enseña el camino: anarquistas o no, vacas o monos, monjas o niños. A pedradas.

En el techo de una casa a medio construir en Cañaverales, similar a una caries de cemento podrida, celebrábamos un hecho fuera de serie: nuestra visita al colegio Lestonnac, escuela gobernada por un cenáculo de monjas comunes y corrientes. Aquel mismo día habíamos conducido a las vacas de regreso al establo, pero no sin antes hacer una estación inesperada y empujarlas hacia la puerta trasera del colegio Lestonnac; puerta que a esa hora se encontraba abierta ya que poco más tarde habrían de llegar los autobuses que conducirían a las alumnas de retorno a su casa. Estas alumnas, al escuchar el alarido de la conserje, escaparon de sus salones y descubrieron el tumulto de vacas merodeando en el patio de su escuela. Las monjas nos recriminaron, como debía esperarse, pero el acto había sido ya realizado. Los jóvenes *cowboys* habían despertado el interés de la manada de niñas enclaustradas en sus aulas y las habíamos liberado por unos minutos de su monotonía cotidiana. Carajo, nosotros los héroes de película, los payasos de barrio, las pulgas rancheras. Y una monja, sexagenaria, gritaba y nos rogaba llevarnos a los animales de allí.

—No las pudimos detener, señora monja. La vaca líder se metió por la puerta abierta y el resto la siguió. Las vacas también tienen dioses y guías —explicó el *Tetas*, pausadamente, resignado al peso del destino animal. Y añadió—: "Estas vacas son más idiotas que las normales, y requieren de una gran líder."

—No digas tonterías, niño. Las vacas carecen de dioses.

—Tienen dioses y les rezan, a mugidos, pero les rezan. Tal vez pensaron que ésta era su iglesia —dijo Gerardo, señalando hacia los salones de la escuela. ¿Quién iba a quejarse de su sentido del humor?

—¡Están cagando todo el patio! ¡Fuera de aquí! ¡Llamen a los bomberos! —gritaba la bruja de piel rosada en tanto daba órdenes contradictorias a otras mujeres de su estatura y vestimenta. Cómo nos regocijaba la furia de las autoridades. ¿Por qué a ciertos jóvenes la autoridad les da risa? Tal vez a causa de las ridículas muecas a las que la misma autoridad recurre para darse a respetar.

—Las vacas también van al baño, señora, como los humanos, más a menudo que los humanos porque tienen cerca de veinte estómagos, o más. Y además estas vacas vienen de comer, pero ahora mismo nos las llevamos de aquí. Fue un accidente, no se enoje —agregué yo, seguro de mis palabras y de mi ciencia.

La monja se aferró a mí, me tomó del brazo, se tranquilizó, y me dijo, haciendo a un lado los gritos y demás exaltaciones furibundas: "Te lo agradecería, muchacho, te lo agradecería con todo mi corazón".

Y efectivamente, bastó conducir a la vaca líder, la que en este caso era una especie de cebú grisácea y muy cornuda, hacia la calle, y el resto de la manada encausó de nuevo el camino. Tal episodio vivido después de mediodía provocaba nuestra risa y los comentarios allí, en el techo de la obra en Cañaverales.

—Ahora que vieron que somos vaqueros, todas las viejas del Lestonnac nos van a chupar el pito. —Soñaba Alejandro Garrido: su barbilla temblaba y sus ojos blancos e inflamados giraban como satélites alrededor de su cabeza.

—Todas, menos Rosina, no te pases, cabrón —acotó enérgico Balderas. Rosina, su novia, al igual que Isabel, Gabriela, Adriana la hermana de Herman, y muchas de nuestras amigas y vecinas estudiaban en ese colegio.

—¿Fue idea tuya? ¿Verdad, cabrón? —me preguntó Herman durante nuestra charla en el techo de la obra negra de Cañaverales. Él no había participado de nuestra odisea. Sólo Garrido, Gerardo y yo.

—No confundas a un vaquero con un arriero. Los vaqueros traen pistolas, y los arrieros apenas si llevan una pinche vara de árbol.

—No fue idea mía, sólo sucedió, como todo; a esa hora abren las puertas traseras de la escuela. Empujamos a la cebú y todas las vacas la siguieron. Había mierda hasta en los baños de la escuela.

—En los baños siempre hay mierda, para eso existen los baños.

—Sí, pero no mierda de vaca, güey.

—¿Y las monjas?

—¿Las monjas qué? Son monjas.

—¿Qué hicieron?

—Nada, gritaron y luego agarraron la onda. El *Tetas* les dijo que las vacas buscaban a su dios.

—Te la mamaste, *Tetas*. ¿Cómo que buscaban a su dios?

—Les hubiéramos pedido algo de dinero a cambio de sacar a las vacas del patio. Somos unos pendejos; nunca seremos ricos.

—Yo hubiera pedido como recompensa que todas las alumnas nos enseñaran los calzones desde el primer piso.

—¿Para qué? Se les veía el coño desde el patio. ¿No te fijaste? Yo nunca había entrado allí.

—Rosina no fue hoy a la escuela. Está enferma.

—Tienes mil viejas, *Tetas*, no te obsesiones con Rosina. Seguro estaba allí enseñando también los pinches calzones.

—Cálmate, güey.

—Mi hermana está también en esa escuela, no chinguen. —Esta vez habló Herman.

—Pinche *Lesbionac*.

—¿Quién le puso así, *Lesbionac*?

—Yo oí que fue la hermana de Ramón. También Edith, Yolanda y las más grandes le dicen así. —Garrido se refería a las mujeres de dieciocho años en adelante, como *las más grandes*.

—¿Y qué hacen las lesbianas? ¿Son putas? —preguntó Herman. A su edad y a principios de los años setenta su conocimiento sobre los senderos sexuales resultaba ser muy escaso. Él recién acababa de descender del arca de Noé y las parejas aún no se dispersaban.

—Son viejas a las que les gustan las viejas. Como putos, pero al revés.

—Yo pensé que *las lesbianas* era una congregación de monjas, una orden religiosa; que güey soy.

—¿Y puede haber monjas lesbianas? Sería pecado.

—Sí, todas son lesbianas. Eso lo dijo Edith en el parque, yo la oí. Edith es la más experimentada de todas las mujeres…

—Le voy a aconsejar a Rosina que ya no estudie allí, corre un gran peligro —sentenció el *Tetas*, reaccionario y contundente.

—Y yo le voy a pedir a mis papás que cambien a Adriana de escuela y la inscriban en el Inglés Mexicano —exclamó Herman y su ceño preocupado denotaba ignorancia y miedo.

—¿Y también existen vacas lesbianas? —preguntó Garrido. Su afán por el conocimiento excedía todo límite.

—No mames, güey, ¿existen piojos putos? ¿Qué clase de pendejadas preguntas? Ya ni la chingas. La ciencia no es para ti…

Luego de nuestra profunda, atinada y sutil conversación, el silencio nos atrapó como a pececitos en el interior de una almadraba. Un hecho normal, el silencio, como cuando la nube cubre por unos segundos el círculo radiante del sol y parece dormir y ya no despertar. Contra ese silencio abrupto resultaba imposible luchar, inclinábamos la cabeza o buscábamos polvo en nuestros pies, cascarria en los pantalones o, como en este caso, el de Garrido, alguien recordaba que tenía alguna obligación que cumplir y se marchaba.

—Se acabó, me tengo que ir —exhaló Garrido, de pronto—. Mis padres trajeron a la abuela a quedarse en casa unos días y quieren que pase yo un rato con ella. Allí, junto a su silla de ruedas como un pendejo. A ver si no me vomita encima. No cesa de vomitar… y apenas si habla.

—Es muy sencillo solucionar ese problema: no le den de comer…

—De todas maneras, seguiría vomitando. Con lo que ha tragado en toda su vida es suficiente.

Garrido abandonó la azotea, sin saber que su ausencia repentina lo eximiría de ser cómplice de una muerte que acaecería diez minutos después de su partida. Descendió por el esqueleto de cemento que formaban los escalones, atravesó el primer piso, llegó a la estancia de la planta baja, salió a la calle y caminó unos metros hasta doblar a la izquierda en Perales para en seguida enfilarse hacia el periférico y dirigirse a su casa. La luz del día todavía no se apagaba, mas la noche ya estaba en camino de vuelta y los murciélagos esperaban su turno para suplir el vuelo de las golondrinas que, en aquellas coordenadas, afloraban por miles: murciélagos y golondrinas, la pareja ideal, la perfección en el aire. Fue Herman quien lo descubrió segundos antes de que Gerardo y yo posáramos en él la vista: su andar desgarbado y su altura lo convertían en una caricatura famosa. Si hubiéramos descubierto a Popeye *el Marino* sosteniendo su pipa entre los dientes es probable que durante un momento dudáramos de su identidad, pero a Fernando Santos lo reconocíamos a muchos metros de distancia porque le temíamos y el miedo acerca los objetos a la vista y los torna nítidos e impactantes, sí, el miedo es más poderoso que la vista de un cazador. Fernando venía andando desde Calzada del Hueso y al intentar ahorrar distancia atravesaba el llano en el que las vacas solían pastar y los topos merodear en las noches. Le había dado, a Fernando, por ir a husmear alrededor de la Universidad Autónoma Metropolitana, la cual tenía pocos meses de haber sido inaugurada. Una nueva universidad: un futuro reclusorio para nosotros, reos de la educación, vacas guiadas por nuestros padres y cebús pertenecientes a otras manadas. ¿Qué carajos buscaba Fernando en la nueva universidad? Un misterio. Nadie lo sabía. ¿O acaso deseaba volverse un estudiante y cambiar lo que ya no puede ser cambiado, ser *algo distinto*, diferente a un jodido crápula de mierda? Vaya bruto e ingenuo, el tal Fernando Santos.

—Allí viene Fernando Santos, el pinche puto, culero —nos alertó Herman y de no haber sido porque nos manteníamos a resguardo en el techo de la construcción de dos pisos y medio, y escondidos, el *Negro* se habría puesto a temblar.

—Pinche güey ése, ya me tiene hasta la madre —dije yo, refiriéndome a Fernando. Mis palabras significaban, por supuesto: "Hay que hacer algo. ¡Ya!"

—Esperemos a que se acerque un poco más y voy a tirarle una pedrada; no va a saber de dónde viene el madrazo; si no lo hacemos ahora vamos a perder la oportunidad para siempre —sugirió Gerardo, seguro de su buena vista y puntería y de su potente brazo.

—Si nos descubre nos va a poner una madriza. Ese cabrón tiene ojos en la espalda y en cada uno de sus dedos y…

—No seas, puto, pinche Herman; ¿ojos en los dedos? Qué imbecilidad es ésa. Nada más lo vamos a asustar… una gotita de su veneno… una gotita bastará.

Le dio de lleno en la cabeza, la piedra, le partió el cráneo, y el cuerpo de Fernando se desplomó en la tierra del llano. La piedra era una masa de concreto compacto que la víctima, por supuesto, no esperaba. Cuando se está desprevenido hasta una espiga de cereal llega a atravesarte la cabeza. Iba tan concentrado en sus maldades, Fernando, que incluso si le hubiéramos lanzado un chícharo lo habríamos matado. El asombro nos abordó de súbito, la imagen de su cuerpo derrumbado a escasos treinta metros de nosotros. Mantuvimos un silencio ciego, una mudez desconocida, y nuestros ojos buscaron en esa breve lejanía algún residuo de vida en el hombre caído. Nada. Cero. Ni madres. Pasaron cuarenta minutos. Fernando no volvería a moverse, se había transformado en cosa sin vida. El susurro de Herman rompió la sórdida espera:

—Ya nos chingamos.

—Nadie debe enterarse de esto.

—Nadie, si cualquiera de nosotros habla ya nos jodimos... y para siempre.

El pacto se había afianzado. Una promesa hecha de piedra volcánica y argamasa. Y la noche había llegado ya cuando nos escurrimos por los escalones y cuartos de la construcción hacia la calle. Cada uno volvió a su hogar, a su refugio familiar, al nido de los cascarones rotos. Volvimos, pero ninguno de nosotros tres durmió plácidamente. Toda la noche reposó sobre la tierra el cuerpo muerto de Fernando hasta que, al día siguiente, unos peatones que caminaban rumbo a la calle Sauzales lo encontraron. La sangre en su cabeza se había transformado en una goma de plástico y sus facciones en un bajo relieve lodoso.

Después de que el hallazgo se hizo público, una camioneta del servicio forense arribó al lugar a recoger el cuerpo. Un vecino, Lalo Archundia, el *Maxi* —a su hermano mayor y bastante más alto y fornido le apodaban el *Mini*; jodida confusión— cuya familia vivía en la calle Perales, reconoció a Fernando y dio la noticia a sus familiares. Éstos apenas si se mostraron alarmados. Habían, sus padres, parido a la muerte misma y sólo aguardaban a que llegara el día en que se practicara la autopsia de su querido hijo. Yo, mezclado entre los mirones que rodeaban el cadáver, recordaba las palabras del filósofo *Tetas*, confiadas a mí unos pocos meses atrás: "Si lanzas la piedra con todos tus huevos y mucha fuerza nadie la ve llegar, de pronto el chingadazo, como un accidente que nadie podía evitar, la piedra no tuvo ni tiempo de pensar. Ya sé que las piedras no piensan, pero también hablo de la puta gente. ¿Me entiendes? Si la piedra no llega a su destino es que no era su voluntad. El alma de la piedra es su movimiento, ser arrojada, lanzada a la cabeza de un cabrón, o a donde sea".

Cuando el cadáver fue levantado por los empleados del servicio forense, nos reunimos, los amigos, en la cancha de basquetbol en el centro del parque mientras escuchábamos el rebotar de una pelota contra el cemento. La alegría que provoca la muerte de lo ajeno nos embargaba a Gerardo, Herman y a mí; una alegría mezclada con una humilde dosis de angustia y de culpa titubeante. Los malos mueren en las películas. Las epopeyas se cumplen al pie de la letra hasta en los más apartados barrios de una ciudad. Los tres mosqueteros guardamos silencio al respecto, no nos ufanamos de la victoria inesperada y de nuestra boca no emergió ningún gusano salivoso anunciando sangre, o muerto, o gloria guerrera. Nos tragamos la lengua y con ella el pasado. El mismo Tomás nos narró la historia que se había difundido ya como un virus en Rinconada Coapa y en Villa Cuemanco. Las versiones oscilaban entre un asalto y una posible venganza: "A Fernando lo mataron en otra parte y lo fueron a tirar allí". "Lo mató la misma policía; lo traían en la mira…" Rumores y más rumores, polvo esparcido, habladurías…

—Yo vi el cuerpo, los topos lo mordieron y casi se lo comen entero.

Mentía Tomás, en tanto aguardaba de reojo nuestras reacciones. Él contaría la historia pese a no haber sido testigo, el gusano de su boca se movía en todas las direcciones, un gusano ciego, pero audaz, intuitivo y deseoso de comunicarse:

—Los topos sólo comen lombrices y ratones, no devoran a las personas. Vivimos junto a los pinches topos y ni siquiera conoces sus costumbres.

—Eso no es cierto, tragan de todo, y en la noche les sabe más rica la comida. He oído decir que aunque viven bajo la tierra les gusta la luna. No pueden verla, pero la sienten. A mí nadie me cuenta, y menos tú, culero; yo he visto a los topos comerse a un perro.

Tomás, acorralado, evadió el tema de los topos y nos confesó:

—Le robé unos calzones a Cruz, la sirvienta —dijo Tomás y extrajo de la bolsa de su pantalón tres pantaletas—; vamos a clavarlos en el tablero para que todos los que pasen por allí los miren.

—¿Y a quién le importan esos pinches calzones?, Tomás —acotó Gonzalo, seguido por la aprobación gestual de su hermano Jesús. ¿Quién era en verdad ese Tomás? ¿Por qué deseaba izar aquellos calzones en el tablero de basquetbol? Nunca la piratería había alcanzado niveles tan ínfimos y pueriles; ninguna bandera había descendido a tal profundidad del averno.

—Sí, eres un asqueroso; no me des la mano —Herman gruñía dando lugar a un gesto de repugnancia—. Esos calzones deben contagiar la lepra, sólo de mirarlos.

—La lepra ya no existe, güey… ¿No vas acaso a la escuela? ¿O qué? Ya sé… a los negros como tú les enseñan cosas distintas. Permíteme decirte algo nuevo, pinche Herman, la esclavitud se abolió en México en 1810.

—La lepra existe, ve como arrasó con el pobre Herman.

—Chinga tu madre, pinche *Garras*. Y tú eres lo que ha quedado de la sífilis.

Algo comenzaba a transformarse en el ambiente de Villa Cuemanco. Las tardes tendían a hacerse más adultas y aburridas. El futuro llegaba a puerto, y muy pronto mi padre abandonaría nuestra casa y a nuestra madre para engancharse a otra mujer, ¡nos dejaría!, y se convertiría en el niño que nosotros, los amigos del barrio, dejaríamos de ser muy pronto. Los niños, adolescentes y adultos se dispersaban, como las piedras lanzadas por Gerardo Balderas, nuestro héroe, salvador, pitcher de la liga Mexica y dueño absoluto del final del periférico.

Al final del periférico de Guillermo Fadanelli
se terminó de imprimir en noviembre de 2016
en los talleres de
Litográfica Ingramex, S.A. de C.V.
Centeno 162-1, Col. Granjas Esmeralda, C.P. 09810
Ciudad de México.